天誅組疾風録

中南元伸 著

奈良新聞社

目次

序

文久三（一八六三）年八月十二日、京の月は青かった。

「吉村さん、尾《つ》けられちゅう」

そう囁いたのは那須信吾だった。

「いやだなあ、脅かさないでくださいよ」

そんな軽口を叩《たた》いたのは、話しかけられた吉村虎太郎ではなく、一行の先頭を歩く池内蔵太《くらた》だった。池は「念のために」と持って出た提灯をぶら下げて歩いているが、慌てて後ろを振り向くような愚は犯さない。

「もし刺客なら、この提灯目がけて斬り込んでくるんでしょう。ホント、嫌だなあ」

そう言いながらも池は楽しそうである。今に限らず、池はいつも楽しそうだ。

「どうするよ、那須さん」

一行三人の首領株である吉村が落ち着いた低い声でそう問い掛けた。吉村たちは、これから一世一代の大仕事が待っている。こんなところで刺客相手に暴れている場合ではないのだが、放置するわけにもいかない。

「壬生の浪士だとすれば厄介だな」

近頃、壬生浪士隊という京都守護職会津藩肝煎りの治安維持部隊ができ、「見回り」と称して京の市中を徘徊しだしている。彼らの任務は、日本各地から上洛してきた脱藩浪士を狩ることにある。今、一番遭《あ》いたくない相手である。

特に、「土佐勤王党の吉村虎太郎」といえば、頭脳明晰、言語明瞭、思想堅固で実行力があるということで、名だたる尊皇攘夷の志士が集まる京洛においても名士になっている。その分において吉村は、壬生浪士隊の標的たる資格は十分だった。

吉村虎太郎は武士ではない。池と那須は、最下級とはいえ武士の出だが、吉村は百姓身分の出である。身分こそ百姓だが、庄屋だった。この時代の庄屋は、武士と同じく読書階級で、裕福な分、武士より高い教育を施されて育つ者もいた。吉村がそうである。幼い頃から「庄屋とはどうあるべきか」を教え込まれて育った。

読み書き算盤は言うに及ばず、四書五経を用いた「修身斉家治国平天下」をベースに、国学、漢詩、史学を修めた後、適性に応じて数学や物理、医学や薬学などの自然科学系を極める者もいれば、軍学や政治学を志す者もいた。

そういう教養を身につけた吉村たち有為の若者たちはおしなべて、実社会における矛盾に行き当たる。

それは、

「なぜ、一生懸命勉強した百姓の自分より、武家だというだけの阿呆が偉いんじゃ」

という点である。

勉強ができるできないは別としても、この世で一番偉いのは百姓のはずだ。何しろ、百姓は米を作っている。武士の給与も米で払われているとおり、日本社会は米で動いている。つまり、米作りは世の根幹を成す大仕事といえる。にもかかわらず、百姓は政治には関与させてもらっていない。

特に、土佐のような身分に厳しいところの百姓は、百姓だというだけで虐待されている。可哀想を通り越して悲惨である。

「そういう世を変えるんにゃ、アタマから変えんとイカンぜよ」

そう言ったのは土佐勤王党幹部の武市半平太だったか、その盟友で夢ばかり見ている坂本龍馬だったか。吉村にすれば、百姓が安心して暮らせる世の中こそが正しい世の中で、そうではない現状はどこか間違っている。

間違っているものは正すべし。

「では、お前の尊皇攘夷は世直しのための手段《てだて》か」

同じ庄屋出身の中岡慎太郎にそう訊かれたことがある。慎太郎も同じ思いを持っているように思ったが、吉村は微笑をもって返すにとどめた。土佐勤王党のような過激組織にいると、「過激でない」というだけで指弾されたりするからだ。しかし、内心では、

「そうや。儂《わし》の尊皇攘夷は世直しのためやき」

と思っている。何でもいいから、この息苦しい世の中を変えねばならぬ。

幕府が朝廷の許しも得ずに開国した途端、物価があがり、庶民の生活は壊滅的に崩壊した。諸式の根本である米価が急騰したためであるが、これに対して幕府は無策だった。吉村にすれば、米価の安定こそ市民生活の根本で、為政者が何をさておいても守るべき基本である。それを、今の幕府はやりかねている。

自分に政権を任せてくれるなら、諸悪の根源である夷狄を追い払い、皇室を中心とした皆が腹いっぱい食える政治《まつりごと》をしてみたい。それを邪魔する者は、たとえ征夷大将軍といえども排除するのみ。

吉村虎太郎の尊皇攘夷とは、そういうことである。それを実現する機会をようやく手繰り寄せつつある。それこそ、こんなところで刺客相手に命のやりとりをしている場合ではないのだ。

「ここは大事の前の小事。那須さん、撒いてしまいましょう」

吉村はそう言ったが、池は、

「もう遅いみたいですよ」

と笑った。そう言われれば、最後尾にいるはずの那須の気配が消えている。どこかの路地に身を潜めたようだ。尾行者を斬って捨てるつもりだ。

そこに、当の尾行者から、

「吉村虎太郎。久しいの」

と声が掛かった。江戸言葉である。聞き覚えがある。しかし、声の主は月の陰にいて姿を見せない。

「その声は戸梶甚五郎だな」

「無礼者。百姓の分際で武士に立ったまま物を言うな」

そう言いながら、暗がりから出てきたのは、六尺近い巨漢だった。

戸梶甚五郎は、右手を大刀の柄に掛けているが、左手は袖に入ったままだ。左手が袖に入っていると、抜刀できない。が、これに騙《だま》されてはいけない。戸梶はどういうわけか、右手一本での居合を得意としているのだ。

「まあいい。用があるのは那須信吾だ。どうせ、その辺に隠れておるのだろう」

その那須は「尾行者がいる」と気付いた時点で、脇道に逸れ、身を潜めていた。尾行者が脇道を通過した瞬間に斬るつもりだったのだ。しかし、戸梶はその脇道に至る手前で足を止め、あえて吉村に声を掛けてきた。

見透かされている。

「戸梶さん。相変わらずの喧嘩上手じゃのう」

策を見破られた那須は、意外にもサバサバした様子で、路地から出てきた。が、不用意に間合いを詰めるようなことはしない。

「戸梶さん。あのこと、まだ根に持っているのかね」

そう訊いたのは吉村である。

「そりゃ、そうさ。あのことを忘れるほど、儂は不人情ではない」

戸梶甚五郎は、江戸藩邸詰めの上士だった。大人になるまで江戸で育ったが、剣術の腕が藩主の目に留まり、土佐に下ってきた。土佐入国後は、吉田東洋の私塾に通うことになった。

吉田東洋は、若い頃から尊皇攘夷に傾倒し、過激な言動が多かった。戸梶が入国した時も、暴力事件を起こして下野していた。東洋の思想は、国を開いて西洋の科学文明を積極的に取り入れ、富国強兵を図るべし、というもので、「開国するなどとんでもない」という土佐勤王党とは相容れなかった。

それはともかく、東洋の私塾で戸梶は、後藤象二郎や乾退助（後の板垣退助）と机を並べて勉強した。

その後、吉田東洋が藩政に復帰し執政になると、勉学優秀だった弟子たちを藩の要職に抜擢した。

その時、戸梶にも声が掛かったが、戸梶は、

「みんな行ってしまったら、誰が先生の身辺をお守りするのだ」

と言い、東洋の用心棒となった。東洋自身は保身感覚の薄い人で、

「みっともないからやめてくれ」

と迷惑がったが、「いけませぬ」と戸梶が押し切った。

というのも、その頃の土佐藩内では、土佐勤王党の活動が活発化し始めていたからだ。しかし東洋は
「あやつらに何ができる」と歯牙にも掛けず、警戒もしなかった。

これを危ぶんだ藩の重役の中には、

「武市だけでも要職に召してはどうか」

と言う者もいた。連中の代表である武市を藩政に参与させることで、勤王党を丸め込んでしまおうという魂胆である。その頃の武市は、上士株を手に入れ、藩の剣術師範をしていた。

しかし、人事権を握る東洋はこれを無視した。これに戸梶は、

「窮鼠猫を噛むやもしれぬ」

と警戒を強めた。

案の定、武市が「吉田東洋、討つべし」と暴発した。

三人の志士が刺客を買って出た。そのうちの一人が那須信吾である。

東洋が襲われた時、戸梶はそう大事でもない用のため、師匠の外出に随伴できなかったのだ。この「小用」こそ、勤王党が仕掛けた罠だった。

「もし、あの夜。儂がおれば、貴様らの好きなようにはさせなかった」

そう言うと、戸梶はスラリと差料を抜いた。居合を諦めたようだ。

「ふん、一人で忠臣蔵でもする言《ちゅ》うがか」

那須も腰の大刀を抜いた。

吉田東洋を闇討ちにした自慢の槍は、宿に置いたままである。

「ふん、いかに宝蔵院流槍術の師範といえども、剣では儂には敵《かな》うまい」

戸梶はそう言うと、「師の仇め」と小声で叫び、キッと眦《まなじり》を上げた。

「さあ、どうやろ」

那須は剣把を頬の横まで掲げ、上段から斬り下ろす構えを見せた。

これに対し戸梶は、あくまで正眼に構えている。

「突くつもりか」

あえて那須は挑発した。

「ああ、突いてやるとも」

そう言うと戸梶は摺り足で半歩前に出た。

まだ、間合いは遠い。

「お前《まん》、こげなことしてんと、儂らと世直しでもせんか」

那須は、構えとは裏腹に呑気《のんき》な声を出した。

「無礼者。上士に向かって『おマン』とは何事か」

そう言うと、戸梶は一瞬、胴を突く構えを見せた。

釣られて腹を庇わんと肘を下げかけた那須だったが、ピクリと動いただけで留まった。

「ふん、よく止まったな」

偽闘《フェイント》だった。

あのまま肘を腹まで下げていれば、那須の脳天は真っ二つに割れていただろう。

おそるべき相手である。

と、そこに、数人の足音が沸き起こった。

戸梶は視線を動かすことなく、

「ふん、邪魔が入ったようだな」

と言い、さっと飛び退《すさ》って剣を鞘に収めた。

「その命、預けておく。儂に斬られるまで取っておけ」

そう言うと、パッと翻って夜の闇に溶けて行った。

「ふう」

肩で息をした那須が振り返ると、京にいる土佐勤王党の面々が駆け寄ってきた。その中に一緒に吉田東洋を暗殺した安岡嘉助の姿もあった。その安岡が、

「那須さん、あれは戸梶甚五郎やないがか」

と訊いてきた。東洋暗殺の計画段階で、

「障害となるのは戸梶甚五郎のみ」

と言い、戸梶が東洋に随伴できないよう細工したのが安岡だった。

「あれに恨まれるんら、儂やぞ」

そう言って安岡は首を振ったが、那須には自分が狙われる理由がわかっていた。

戸梶《やつ》は自分より強い奴が許せないのだ。

「まあええ。今度遭うたら、儂が斬るきに」

そう言うと那須はパチンと派手な音を立てて、刀身を鞘に収めた。

大和行幸の詔

その知らせは、翌朝来た。

吉村たちが画策していた「大和行幸」が内定したのだ。

大和行幸は、吉村たちが成立に奔走した計画で、今上天皇であられる孝明帝に、奈良の春日社と畝傍《うねび》（現在の橿原《かしはら》市）の神武天皇陵に詣でていただき、攘夷の必勝を祈願していただこうという趣旨の施策であった。

吉村が、大急ぎの摺り足で、前侍従《さきのじじゅう》中山忠光卿の前に伺候し、「内定となりました」と告げた。それを聞いた忠光卿は、

「我が事成れり」

と膝を叩いて喜んだ。

この忠光卿は、当年とって十九歳の若公卿で、朝廷の大重鎮、大納言中山忠能の七男である。姉の慶子が典侍《てんじ》として宮中に入り、帝の寵を得て男児を設けている。この男児こそ、後に明治帝となられる祐宮《さちのみや》である。つまり忠光卿は、「皇太子の叔父」ということになる。

さて、忠光卿は名家に産まれたボンボンというだけではない。従五位下侍従に任官するとすぐに、国事寄人《よりうど》に選ばれたほどの俊英でもあった。

国事寄人とは、朝廷に新設された組織で、国事御用掛や国事参政とともに、国事に関して天皇の諮問に応じる機関である。名門揃いの公家の中から選びに選び抜かれた選良《エリート》といっていい。

さて、大和行幸である。

そもそもの立案者は真木和泉という志士である。

真木和泉は、正しくは真木和泉守保臣と言い、久留米藩士にして久留米水天宮の祠官である。この年五十一歳というから、尊皇攘夷運動家としては最古参である。かの「安政の大獄」を生き延びたことから、大御所扱いされている志士でもある。

その真木和泉が、この前年に起こった「寺田屋事件」に関与したため、捕縛され所属する久留米藩に拘留された。

倒幕を求める薩摩藩の過激藩士たちは、公武合体を唱える関白九条尚忠と京都所司代酒井若狭守忠義を暗殺せんと、京都伏見の寺田屋に参集した。

この動きを察知した薩摩藩主の父・島津久光は、部下に命じて過激派を鎮圧させた。これが「寺田屋事件」である。

一見、薩摩藩の内紛のように見えるが、関白や幕閣の暗殺を企図したことと、真木和泉ら薩摩藩士以外の志士が混じっていたことから、「幕府転覆を図った反逆事件」とみなされ、関わった者はすべて処分されたのだ。

大物志士で親交もあった真木和泉が拘束されたと聞いた忠光卿は、急ぎ久留米に駆け付けた。当時、久留米藩は幕府恭順派が実権を握っていた。忠光卿はその派の家老を呼びつけ、真木和泉を釈放するよう要求した。

しかし、家老はノラリクラリと確答しなかった。それもそのはず、朝廷からの使者とはいうものの、見れば息子より若い青公家ではないか。「これが都を騒がす過激公家か」と珍獣を見るような扱いをしていたところ、吉村虎太郎が裏から、

「中山忠光卿は若年ながらも国事寄人で、お上の内意を承っておられる。久留米藩は朝敵になりたいのか」

と恫喝した。これに驚いた家老は態度を一変させ、真木和泉を即日釈放した。

忠光卿は、救出した真木和泉に、

「このままでは、いつまで経っても幕府は攘夷をせえしまへん。そなた、何ぞ、良き思案でもないのか」

と下問した。それに対し、真木和泉は、

「しからば、次の行幸先は大和に致しましょう」

と言いだした。「次」というからには「前」がある。

朝廷では、いつまでも攘夷を決行しない幕府に業を煮やし、「決行期日を決めよ」と迫っていた。困った幕府は、「では文久三（一八六三）年の五月十日にします」と宣言した。その返答のために、時の征夷大将軍である徳川家茂《いえもち》が上洛してきた。

それを嘉《よみ》した帝は、上賀茂及び下鴨社へ行幸され、戦勝を祈願された。

この「賀茂行幸」には、征夷大将軍徳川家茂、関白鷹司輔熙をはじめ朝幕百官が供奉《ぐぶ》した。時ならぬ王朝行列を目にしようと、雨天にもかかわらず、沿道に人が押し寄せた。見物人たちは、帝の鳳輦《ほうれん》が通ると、傘を捨てて拝跪し、柏手《かしわで》を拍《う》って拝礼したという。

この拝礼者の中に高杉晋作という長州藩士がいた。高杉は、将軍家茂が通過する際に、

「よ、征夷大将軍」

と歌舞伎のような大向こうを掛けた。空前絶後の大無礼である。列中にいた旗本や譜代大名が激怒し、高杉を捕らえようとしたが、将軍家茂は、

「お上の御行列を何と心得る」

と叱り、隊列を崩すことを許さなかった。征夷大将軍といえども天皇の随員に過ぎず、その随員が勝手に列を乱して良いわけがない。そういう判断であった。

このことで、京雀たちは、

「将軍《くぼう》はんでも、天朝はんの言うことを聞かなアカンもんやねんな」

という認識を持った。当然のことながら、高杉晋作も長州藩もお咎めなしで、幕臣たちは切歯扼腕して悔し涙を流した。そもそも、この行幸自体が長州の過激志士が企画したもので、幕威を貶めることが裏の目的でもあった。高杉たちの目論見《もくろみ》がまんまと嵌《はま》ったと言える。

これに味を占めた長州藩は、二度目の行幸を企画した。それが「男山行幸」である。長州藩では、この行幸で将軍に「節刀」を与えようとしていた。そもそも「征夷大将軍」とは、夷狄を征伐する将軍のことで、平城平安の昔には、出征する将軍に全権委任の節《しるし》として刀が下されるという慣習があった。長州はそれを復活させ、どうしても攘夷戦をせざるを得ないように追い込もうとした。

幕府では、この陰謀を察知し、仮病を使って将軍を出さず、一橋慶喜に代行させた。うっかり節刀を受けてしまえば、何としても攘夷を敢行せねばならなくなり、グズグズしていると、今度は朝敵の汚名を着せられてしまうからだ。

男山行幸への供奉こそ回避できたが、将軍が都にいるとどんな陰謀を仕掛けられるかわからないので、幕府高官は将軍を納戸に隠すかのように江戸へ帰した。

朝廷としては、是が非でも攘夷を行いたいが、武力を有する幕府の腰が重いため、如何《いかん》ともし難いというジレンマにある。一方の幕府は、刀槍弓矢に火縄銃という時代物の武器しかない日本が、蒸気船を走らせる西洋列強には到底勝てないと思っている。

攘夷を迫りたい朝廷と、優れた文明を持つ西洋列強との戦争は回避したい幕府との暗闘が、長くも短い「幕末」の前編のすべてである。

ちなみに、「幕末」の後編は、潰されたくない幕府と、潰したい薩長という構図に変わる。「尊皇攘夷」というイデオロギーはすっ飛び、単なる権力闘争になっている点に気づけば、「幕末」とは何だったのか、ほのかに窺い知れると思うがどうだろう。

さて、真木和泉から案を示された忠光卿は、

「ふうむ、大和のう」

と首を傾げた。大和という地名が唐突だったのだ。それに、

「大和でもどこでも、将軍は江戸へ逃げたやないか」

と言っておきたい。行幸に将軍を連れだし、行く先で「攘夷をします」との言質を取るという策は、前の男山で破られ、将軍は江戸へ去っている。

「逃げたのであれば追えばよろしい」

真木和泉は平然とそう答えた。「追う」とはどういうことだろう。

「鳳輦を江戸に下向させてはいかに」

「なんと、天皇《おかみ》に江戸まで行幸していただくのか」

忠光卿は驚いて真木和泉の顔を見た。真木和泉は「はい」と頷いたが、すぐに、

「しかし、それをそのまま申し上げても、廟議は通りますまい」

と首を振った。

朝廷の廟議に出たことのない忠光卿でも、天皇に江戸へ下向していただこうなどと言いだせば、関白以下の重職連中が大反対することは容易に想像がついた。そこで真木が、

「最初から江戸へ行幸していただくわけではございません」

と言ってニヤリと笑った。

「ひとまずは常の行幸とします。ただし、男山程度の近場ではいけませぬ。も少し遠くないと」

「それで、大和か」

「はい。大和の神武天皇陵あたりが最適かと」

「ふむ。いずれにしても、そこが終点やおへんのやな」

「さよう、そこから東へ向かいます。とりあえず、伊勢神宮を目指すとして、その間、諸方の大名に、鳳輦をお守りせよとの勅を下すのでございます」

「なるほど、供奉のために参集してきた大名たちを引き連れ、伊勢から江戸へ下ろうというのか」

「ご明察。天下の大軍を引具された天子様には、いかに征夷大将軍といえどもお手向かいは叶いませんでしょう」

「おお、よう計った。そのとおり致そやないか」

隣で聞いていた吉村虎太郎も、

「名案です」

と飛びついた。ただし、真木和泉はこの行幸をもって幕府を倒す気はなく、

「これで公儀も攘夷に本腰を入れざるを得なくなるだろう」

という程度に思っていた。天皇が江戸へ行くと言いだした時点で、仲裁を買って出る大名が数藩出る。少なくとも、伊勢の藤堂藩や、尾張徳川家は天皇の江戸下向を止めようと図るだろう。

「そういう大名どもと談合し、大名の側から公儀に攘夷を迫らせればよい」

それに、攘夷攘夷というものの、実際に外国と戦争するばかりが攘夷ではない。井伊大老が勝手に結んだ「修好通商条約」を破棄することも攘夷だし、条約内で約束したいくつかの開港を取りやめるのも攘夷である。

真木和泉としては、その辺に落ち着けば、いったん矛を収めて京に帰ればいいと思っている。さすがに幕府を相手に立ち回りをやって、勝てるとは思っていなかった。

ところが、忠光卿の隣で頷いていた吉村は、それを機に本気で幕府を倒してしまおうと考えた。長州や

薩摩、それに郷里の土佐も、いざとなれば朝廷に味方すると信じていたからだ。

万一、彼ら西国雄藩が味方してくれずとも、浪士で一隊を結成し、鳳輦を担いで江戸に攻め上ることもできよう。

しかし、この話は真木和泉にはしていない。ただ、忠光卿にだけは打ち明けた。その秘謀を聞いた忠光卿は、

「よし、大和行幸を実現させよやないか」

と勇み立った。「しかし、後段は秘密にしといた方がええな」と理解の早さを示した。

忠光卿は京へ戻ると、先輩公家である三条実美に「素案」を打ち明けた。三条も、

「公儀の尻を叩くにはええ策や」

と乗り気になり、本格的な工作が始まった。

そして、遂に廟議が通った。

三回目の行幸先は大和、その時期は九月吉日と決まった。具体的には、天皇の鳳輦は京を出て奈良に入り、まずは春日社に参詣し、その後、畝傍の神武天皇陵に詣でることとなった。神武陵参拝以後の陰謀は厳に秘されている。

そんな大和行幸とは別に、忠光卿と吉村にはある企みがあった。

彼らは、大和行幸に先立ち、天皇の親兵隊を組織し、その御親兵で大和一国を制圧し、天皇領にしよう

としていたのだ。しかも、それを浪士だけでやろうというのである。吉村はそれを、

「草莽の志士でも帝の御役に立てることを顕す義挙でござる」

と胸を張った。

ところが、それを聞かされた真木和泉は、

「それはさすがに過激に過ぎる」

と青くなった。真木にすれば、帝を担いで伊勢まで行くだけでも畏れ多いのに、それにかこつけて浪士だけで武力蜂起しようとするのは、

「気持ちはわかるが、さすがに無茶だ」

とその実現性を危ぶみ、尻込みした。それに、

「私としては、鳳輦のお側で帝をお守りしたい」

と言い、後退《あとずさ》るように忠光卿の許《もと》を離れていった。

ただ、藩の牢から救い出してくれた恩義は感じていたらしく、久留米出身者の中でも物の役に立つ志士を数名紹介してくれた。

「これで、発案者の真木も加わってくれたらええのにのう。真木はまだ、今回の義挙には加わらんと言うておるのか」

そう問われた吉村は、「残念ながら」と答えたものの、あまり残念には思っていなかった。すでに真木

和泉の手を借りずとも、成功させ得る自信が吉村にあったからだ。

　真木和泉の反応を見た忠光卿は、

「三条中納言にも黙ってた方がよさそうやな」

　と吉村に下問した。吉村としても自分たちの壮挙を邪魔されたくなかったため、

「事が成った暁でよろしいでしょう」

　としておいた。

　さて、念願の大和行幸についての内定が出たとなれば、大和奪取の秘密計画も動かし始めないといけない。この計画は吉村によってすでに下工作が進められており、参加を表明する者も少なからずいた。

「早速、同志に招集をかけます」

「参集場所は、方広寺やったな」

　そう忠光卿が訊いたとおり、東山の方広寺が集合場所になっている。実は、そこで忠光卿から志士たちに激励の言葉を頂くことになっている。

　今回の義挙については、大和を制圧して帝に献上する、という趣旨であるが、何も大和全土を征服しようというのではない。大和国内にある「御料地」とか「天領」とか呼ばれる幕府直轄地及び旗本領だけを押さえるつもりである。大名領には手を付けない。

　それでも、戦にはなるだろうし、勝った暁には統治せねばならない。帝の行幸を仰ぐまでは、戦っては

治めるという作業を齟齬なく行わねばならない。その実務は吉村が頑張って差配すれば何とかなると思っているが、

「『土佐勤王党の吉村虎太郎』では、人は集まってこないだろう」

と思っている。いかに才能豊かでも、土佐の百姓の許に人など集まってこない。

「計画の中心となる大将が欲しい」

願望を通り越して熱望、いや渇望していた。義挙を象徴する看板、もっとハッキリ言うと「前侍従中山忠光」という大きな名前が欲しいところだ。この「渇望」が通じたのか、忠光卿が、

「よし、麿もみなと同行する」

と言いだした。これを聞いた吉村は「本当ですか」と踊り上がらんばかりに狂喜した。

「誠に名君とは、若御前《わかごぜん》のことを言うのでしょう」

「もしや吉村。麿が高みの見物を決め込むとでも思うておったんか」

そう言って忠光卿は爽やかに笑った。

「さすがは公家でただ一人、馬関（下関）で攘夷の指揮を執られたお方だけのことはあります」

そうなのだ。忠光卿には、実現こそしなかったが、攘夷戦を指揮する寸前までいったことがあったのだ。

幕府が攘夷期限とした今年の五月十日。案の定、幕府は何もしなかった。ところが、長州藩が攘夷を決

行したのだ。前々から、長州藩だけは、

「五月十日に、馬関海峡を通過する夷国船を撃ち攘《はら》う」

と宣言していた。これを聞いた忠光卿は、

「馬関へ行き、攘夷戦を指揮する」

と奮い立った。その意を請けた吉村ら土佐浪士が、常日頃交際のある長州藩士に渡りをつけた。長州から、「是非お越しください」との返事が来るや、忠光卿は、

「民のひとりとして攘夷を決行せん」

と言い、侍従職を投げうって長州馬関の砲台へと出馬した。これ以降、忠光卿については、「前侍従」と呼ばれることになる。

馬関に到着した忠光卿は、長州藩の士官より戦術の詳細を聞き取り、実際に砲台に行って大砲の演習を参観した。

いよいよ五月十日となった。が、外国船が通らない。忠光卿は砲台で待っていたが、そこにやって来たのは外国船ではなく、

「真木和泉が久留米藩に逮捕された」

という意外な一報だった。忠光卿は、

「外国船の撃ち攘いは長州藩に任せ、麿は麿にしかできひん仕事をする」

と言い、その日のうちに長州砲台を降り、久留米へ向かった。その後の久留米での真木和泉救出劇は前述のとおりである。

ちなみに、忠光卿が去ったその夜、アメリカ船籍のペンブローク号という商船が馬関海峡に差し掛かった。長州藩では藩首脳が「本当にやるのか」と逡巡《しゅんじゅん》している間に、現場下士官が攻撃命令を下した。馬関海峡沿いにズラリと並んだ沿岸砲台と、海峡海上にいた長州戦艦の大砲が一斉に火を噴いた。驚いたペンブローク号は反撃もせず、全速力で逃げ去った。逃げるアメリカ船に向かって長州兵は快哉《かいさい》を叫んだ。これに味を占めたわけではないが、長州藩はこの種の砲撃をその後も続けた。

ところが、六月一日、砲撃を受けた商船の母国アメリカが、戦艦ワイオミング号を送り込んできた。ワイオミング号は、たった一隻で、長州自慢の軍艦である壬戌丸《じんじゅつまる》、庚申丸《こうしんまる》を撃沈し、癸亥丸《きがいまる》を無力化した。その四日後にはフランスの軍艦セミラミス号が僚船とともに来襲し、長州砲台を完全に沈黙させた。それだけでなく、陸戦部隊を上陸させ、砲台を占拠した。驚いた長州藩が救援隊を派遣したが、沖合からの艦砲射撃を受け、海岸線で身動きできなくなってしまった。

さらにその一年後、アメリカ、イギリス、フランス、オランダの四カ国が連合艦隊を組んで馬関に来襲し、長州藩を滅亡寸前にまで追い詰めている。

話が先走ったが、大和行幸が内定したこの段階では、まだ長州は諸外国と戦っており、馬関で頑張っている者は英雄扱いされている。まして、公家の身で戦地に赴いた忠光卿は、天皇に次ぐ尊崇を集めていた。そんな「前侍従中山忠光」を頭《かしら》に戴けば、今回の義挙は必ずや世間の注目を浴び、参加者が殺到するだろう。

「若御前がご出馬されるとなると、長年の我が存念も果たせましょう」

吉村はそう言うとハラハラと落涙した。忠光卿は、

「吉村の気持ちはようわかったが、その『若御前』というのは、何とかならんのか」

と苦笑した。吉村は、

「いずれ、それらしい役職名を考えますれば、しばらくは『若御前』と呼ばせてください」

と言い、また泣いた。忠光卿は「そうか」と言いながらも、

「吉村、遂にこの日が来た。攘夷の魁《さきがけ》とならん者を糾合して帝の兵とし、大和に帝の国をつくるのや。そしていつの日か、帝の世を取り戻そう」

と力強く宣言した。

決起

八月十四日の昼下がり。

同志の集合場所となった洛東の方広寺には、吉村を含めて三十九名が参集してきた。吉村が同志に送った檄文には、

「何分、干戈《かんか》を以《もっ》て動かさざれば天下一新致さず。然《しか》りと雖《いえど》も、干戈の手初めは諸侯決し難し。則ち、基《もとい》を開くは浪士の任なり」

とある。天下を一新するには戦をするほかないが、諸藩の大名はその一番手にはならないだろう。であれば、我ら浪士が口火を切るべし。

吉村の肉声が聞こえてきそうな檄文である。

集合場所の寺にやって来たのは、土佐浪士十九名、久留米出身者八名、刈谷出身が三名、その他、熊本、福岡、島原の九州出身が四名、それにこれからの進路に当たる河内から二名、その他三名であった。

やはり土佐者が多い。土佐における吉村の人望が窺い知れる数である。その中には、池内蔵太や那須信吾もいる。那須などは、

「今回、天下の有志を募って義兵を挙げることになった。この兵で、皇家を敬わない徳川の譜代大名を討ち取り、攘夷御親征の端緒にする」

という趣旨の手紙を自宅に書き送っている。吉村の檄文にはない「徳川譜代の大名を討つ」という文言が入っている。これは彼ら土佐の志士たちが、これを「討幕戦の先駆けにする」と言い合っていた証しである。

さて、集まった中に、那須が「討つべし」とした徳川譜代の出身者がいる。刈谷藩士である。

現在の愛知県刈谷市、徳川家が発祥した三河国に属し、土井家が二万三千石をもって治めている。土井の本家は下総古河八万石で、譜代の名門として老中にもなれる家柄を誇っている。刈谷の土井家はその分家で、時の藩主は土井大隅守利善である。

土井大隅守は、早くから藩軍を西洋式に換え、洋式の軍事調練を行っていた。それが認められて、この年の六月まで幕府の陸軍奉行に就いていた。藩主が時代に鋭敏だったためか、藩内は尊皇攘夷の気風が濃い。そんな家臣団から「勤王のためには討幕やむなし」という志士が出た。

それが松本奎堂《けいどう》である。全国の秀才が集まる江戸の昌平黌で、舎長を務めたほどの英才である。三歳で文字を書き、四歳で「大学」を暗誦したという神童伝説の持ち主でもある。

この松本、安政の大獄の捕縛対象になったり、久能山東照宮で「徳川家康は大馬鹿者だ」と叫んだりと、一種の名物男でもあった。最近では忠光卿や吉村とともに長州に下り、アメリカ商船砲撃に加わったりしていた。

この年三十四歳で、勤王の志士としては薹《とう》が立っている。方広寺に集まった志士の中では年長組で、今回の首謀者である吉村からも別格の扱いを受けている。

ちなみに号にある「奎」という見馴れない文字については、天に輝く二十八宿星の一つで、文章を司る星の名だという。そういう文字を号とした松本は、自他ともに認める文章家でもあった。

その松本が、

「若御前のところに案内してくれ」

と介添えに命じた。実は松本、視力を失っている。若い頃、槍の稽古中に受けた傷が元で、左目を失明した。残った右目で数々の痛快な騒動を巻き起こしてきたのだが、その右目も最近は相当に怪しい。従って介添えが要るのだ。

忠光卿は、参集した志士たちとは別の間を御座所とし、そこを義挙の策戦本部にしていた。その部屋の前で、

「刈谷の松本がご挨拶に罷《まか》り越しました」

と声を掛けた。すると、中から蓬髪剛毛の巨漢が出てきた。那須信吾である。那須は、訪問者が松本だとわかっても、怖い顔は崩さなかった。そんな那須を押しのけるように、吉村が出てきた。吉村は、自ら松本の手を取って忠光卿の前まで連れて行った。忠光卿も、

「松本奎堂か。長州以来であるが、眼の具合はどうか」

と松本を労わった。これには松本が感激し、

「若御前におかれましては、御気色《みけしき》麗しくあらせられ、幸甚この上もございません」

と平伏して三度頭を下げた。そんな松本に、

「先生、その恰好《かっこう》ではお話しもできません。どうか、床几をお使いください」

と言って、吉村が松本を立ち上がらせ、床几に座らせた。

「ああ。吉村君。これを見てくれ」

そう言って松本が懐から一通の書き付けを取り出した。「何でしょう」と言いつつ、吉村がその書き付けを広げた。

「それは、このたびの義挙の軍令書でござる」

「軍令書」

「さよう。古来、軍を起こす者は、その軍の趣旨と規約を彰《あきら》かにするものでござる。このたびの軍は吉村君や儂らの軍ではなく、大変失礼ながら若御前の軍でもござらぬ。畏れ多くも賢きあたりの御軍《みいくさ》でござれば、軍令書は欠かせざるものでござる。不肖、松本、その草稿を認《したた》めてみました。若御前にも御高覧賜りたい」

「見せてみよ」

そう言って、松本の書き付けを取り上げたのは忠光卿だった。

「この挙、元来武家の暴政、夷狄の猖獗《しょうけつ》によって庶民の艱苦《かんく》限りなく候を、深く宸襟《しんきん》を悩まされ候こと傍観に堪えず、止《や》むことを得ざる処なれば、たとい敵地の賊民といえども、本来御民なれば、乱暴狼藉、貨財を貪り、婦女子を姦淫し、みだりに神社堂宇等放火いたし、ひそかに降人を殺すこと、これにあるまじきこと。か」

武家や夷狄のせいで、庶民が難儀していることを帝は憂慮されている。この義挙は、それをやめさせるために敵地に赴くものである。しかし、いかに敵地であっても、そこに住む者は元々皇家の民である。決して暴行、略奪、姦淫、放火、捕虜殺害などの乱暴をしてはいけない。

これが、軍令書の第一条である。さらに興味深いのは、第十四条の冒頭、

「一心公平無私、土地を得ては天朝に帰し、功あらば神徳に帰し、功を有することあるべからず」

とある。占領した土地は天朝の所有《もの》で、挙げた功名も天朝のものであるとしている。暗に「恩賞を求めてはいけない」と規定しているのだ。これは武士稼業を真っ向否定するもので、戦国時代ではあり得ない軍令である。この一文こそ、この軍だけでなく勤王の志士のありようをよく示している。忠光卿は大いに頷き、

「よろしかろう。必ず同志どもに知らしめよ」

と吉村に下げ渡した。吉村は、両手で奉戴しつつ「仰せのとおりに」と応じた。

その後、一向は忠光卿の輿を守りながら、徒歩で伏見まで下った。伏見では吉村ら土佐派の志士が懇意にしている荷船問屋に納まった。そこには、かねてより集めておいた武器なども隠されていた。

そこから、船に乗って淀川を下り、大坂に出るという予定である。一挙には大量の武器もいることから、当初より船で下ることが計画されていた。これを陸路で運ぶとなると、荷駄や人足が必要となる。そうすると、俄然、露見する可能性が大きくなる。船便を使ったのは、その弊を避けるためである。また、船での移動には都合の良いことがあった。誰憚ることなく、会議や集会ができることである。

「では、軍議を始める」

上座に忠光卿を戴き、その脇には首謀者である吉村虎太郎、その逆側には参謀格の松本奎堂がついた。他の志士は、この三人に相対する形で座った。狭い。その分、船内は彼らの熱気でムンムンとしていた。

「まずは、今後の予定を申し伝える」

そう声を上げたのは吉村である。

「このまま船にて大坂まで下り、船を乗り換えて堺に出る。堺で上陸し、そのまま河内富田林まで行く。楠公に戦勝を祈願した後は、大和五條の公儀代官所に向かう」

「そうだ。代官所を焼き討ちにせえ」

そう声が掛かったが、吉村は掌でそれを制し、

「諸君も存じているとおり、公儀は去る五月十日に攘夷を決行すると宣言した。にもかかわらず、一向に

その気配がない。これに業を煮やされた朝廷では、公儀に喝を入れんと大和への行幸を仰せだされ給うた」

とそこまで一気にしゃべった。一同、しいんと聞き入っている。そこで吉村は、

「しかし」

と声を励まして、

「この行幸は、単に攘夷戦勝の祈願のみに非《あら》ず」

と続けた。

「皇祖神武帝の陵《みささぎ》において、有志諸藩に檄を飛ばし、攘夷の兵を募る。その集《つど》うた兵をもって鳳輦を守らしめ、そのまま江戸へ下らんと図られておられる」

そう吼《ほ》えた。

「おう」

そう拳を挙げた面々の頭頂部からは蒸気《ゆげ》が立ち、吉村を見つめる目はどれも血走っている。まさに、維新回天の意気に燃える野獣たちであった。

「僕らは」

吉村は「僕」という流行語を使う。「下僕」から取った謙譲語が起源であるといわれている。吉村たちが異国船を攻撃するために長州へ下った時、松下村塾出身の志士たちが使っていた。それがいかにも今風

で、瞬く間に志士の流行語となった。この文久三年こそ、「僕」元年である。

「僕らは」

と吉村の演説はまだ続く。

「帝の鳳輦をお迎えするためだけに大和へ下向するに非ず」

そう言って、吉村は再度一同を睨《ね》め回した。

「公儀は夷狄に尻尾を振り、自らが肥えんがために、神州日本を売ろうとしておる。畏れ多くも賢くも、現人神《あらひとがみ》たる天皇《すめらみこと》におかせられては、かかる現状を深く憂慮され、僕らに対して、断固攘夷を決行せよと漏らされた」

「おおお」

「僕らは、勅を戴きながらも攘夷をせぬ公儀とは……」

そこで言葉を区切り、

「違ーう」

と声を限りに吼えた。

「勅を聴く気のない公儀に、もはや国を総攬させることは不可である。違うか、諸君」

「そうだ。公儀を倒せ」

「そこで僕らは、大和一国をお上に献上せんがため、かの国の公儀代官所を打ち毀し、正義の府を立つるものなり」

そう言うや、吉村はガバと立ち上がり、拳を振り上げて、

「諸君。共に正義の軍を挙げんや」

と吼えた。これに全員が和して「おお」と応えた。その咆哮は、淀川沿岸の町々にまで鳴り響いた。

大坂で淀川船から海船に乗り換え、土佐堀を下って天保山沖から堺に出た。大坂で武器弾薬などの積み替え作業などがあったため、港を出たのは深夜になってからであった。

進軍

翌八月十五日早朝、堺の空は晴れていた。

一行は、旭橋東詰めに上陸し、いったん旅籠に落ち着いた。今度は、荷が海船から荷車や荷馬へと移し替えられている。それが終わり次第、堺を出立し、西高野街道を南東に進む予定になっている。

その間、一行は朝食を摂っている。その席で吉村は忠光卿や松本に、

「これより、突入拠点ともいうべき河内富田林の甲田村に向かいます。途中、旗本の代官所や大名の陣屋がありますので、それらに使者を遣わします。僕も狭山北条家の陣屋に行き、藩主に挨拶をして参りま

す」

と告げた。忠光卿は、

「任す」

と一言だけだった。松本奎堂も黙って頷くだけだったが、吉村が退出すると、

「若御前。かの吉村君の仕事ぶりは素晴らしい。私、いろいろと人物を見て参りましたが、あのように物事の先行きが読めて、実際に手を打てる者を知りません。どうか、かの者をこの挙の筆頭人になされませ」

と推薦した。

確かに吉村は、今回の義挙の実行段階において、船や宿の手配、武器武具の調達準備、さらに志士たちの飯の手配まで行っている。しかも、まったく遺漏がない。それが証拠に、志士たちから不満の声は微塵も上がっていない。

忠光卿も同じ思いで、身辺において頼りにしてきた吉村が、期待以上の働きをすることに、甚く《いた》満足していた。

「彼《あれ》がいるだけで、この挙がうまくいくような気がする」

「はい。それと先程申し上げた筆頭人のことでございますが……」

「承知しておる。今はまだ名もなき集団であるが、これに縦糸を通さねばなるまい」

二人は組織のことを言っている。特に、松本は義挙の軍令書を書いたほどなので、組織の何たるかを心得ている。

組織とは、人に役割を与えることである。

人は、集団の中での役割を与えられると、それを果たそうと思うようになる。さらに、個人がその職に馴染んでくると、組織全体があたかも一個の人であるかのように、有機的に動くようになる。

「その縦糸の頂点には若御前を戴くとして、ここは長幼の序に囚われることなく、吉村君に実務を総裁させるべきかと存じます」

「うむ。そないしよ」


一行は、西高野街道を東南にとって行軍を開始した。行軍といっても、武装しているわけではない。志士とはいえ、元々は草莽の出であるので、長刀を脱し、普段着で歩いている分には、誰に怪しまれるものではなかった。荷車を引きながらの道行きであるため、傍目《はため》には大商人の移動のように見えた。

ただ、忠光卿に百姓町民の恰好をさせるわけにはいかないため、駕籠を雇っている。駕籠は、盲目の松本にも宛がわれ、荷駄の行列から一丁ほど離れた後ろを進んでいる。

行列の先頭は吉村である。吉村は、那須信吾や池内蔵太などを使い、油断なく行く手を物見させていた。その物見は行軍の幹事も兼ねており、休息場所への先触れや、荷駄馬の手配などを行っている。

それもこれも、京にいる間に吉村が手配した支度であった。その手配した休息所の中に、報恩寺という寺があった。吉村は、一行をそこに入れておいて、かねてより予定していた狭山藩に出向いた。

狭山藩は小田原評定で有名な北条家である。北条宗家は豊臣秀吉の小田原攻めで滅亡したが、傍流が徳川体制下で生き残り、本拠から遠く離れた河内狭山で一万石を食《は》んでいる。藩主は北条相模守氏恭で、下野佐野藩堀田家から養子に入って二年目の当時十九歳という少年であった。

吉村は臆することなく、北条家の陣屋に赴き、

「僕らは前侍従中山忠光卿率いる御親兵である。僕はその幹事を務める吉村虎太郎である。卒爾ながら、ご当主相模守様にお目通り致したい」

と堂々と申し述べた。応接に出た家臣はその内容に驚きつつも、

「藩主相模守は病気療養中でござれば、応接は国家老が致します。また、天朝様ともなれば、こちらから参上するのが筋かと存じますれば、お宿をお聞かせください」

と受けた。狭山藩としては、突然「天朝の御親兵である」と言われても、その軍の内容や目的、規模などがわからないと、応接もしかねる。そうした情報を得るため、苦肉の策を展開し、時を稼ごうとした。

その辺は吉村も心得ており、

「いかさまさようでござろう。僕らは報恩寺にて休息しておりますれば、そちらまでご足労願えますか」

と柔軟な対応を見せた。ここで狭山藩に疑義を抱かれ、五條に達する前にいざこざになれば本末転倒で

ある。

吉村が報恩寺に戻ると、すでに一行は出発した後だった。行く先は、本日の投宿先である甲田村の庄屋屋敷である。

報恩寺では、小僧が掃除をしていた。吉村は、その小僧に、

「精が出るのう」

と気軽に声を掛けた。小僧は、

「いえ、天朝様には綺麗《きれい》にお使いいただき、感激しております」

と応じた。そう言われれば、荷を引く駄馬もいたのに馬糞一つ落ちていない。これぞ御親兵の矜持であろう。崇高な目的がある集団は自然と行儀もよくなるものである。そんなことを思っていると、表から騎馬が駆け入ってくる音がした。

「あ、吉村殿でござるか」

そう言って入ってきたのは、狭山藩の国家老だった。国家老は吉村の親世代の老人ながら、足腰も達者に駆け寄ってきた。

「突然の訪問にもかかわらず、早速のご対応。いたみ入ります」

吉村は、小僧に命じて本堂を空けさせ、そこに国家老を招じ入れた。国家老はぐるりと周囲を見渡して、

「中山様はすでに出立されましたか」

と訊いてきた。国家老にしてみれば、せめて忠光卿の尊顔を拝し、吉村の言う「御親兵」が本物かどうか見極めたかったようだ。

「どうもそのようで、僕も今驚いておるところです」

吉村はそこで一区切りつけて、「さて」と本題に入った。

「ご家老は大和行幸の儀はご存じか」

大和行幸の詔勅は予定どおり発布されている。

「ああ、はい。帝が春日社ならびに神武陵にご参拝されるとか。我ら畿内の大名家にも、警護役が回ってくるやもしれぬと、京の応接掛から言うて参りました」

「僕らは、その大和行幸の先触れ隊でござる」

「なんと」

「僕らは行幸に先行して、大和の静謐《せいひつ》を図り、帝の鳳輦を無事お迎えせんと遣わされたものでござる」

「それはそれは、ご苦労さまでございます」

「で。貴藩におかれては、御親兵に加わられるおつもりはござらぬか」

「え」

国家老は虚を突かれたような顔をした。そして、絞り出すように、

「その儀につきましては、しばらく時を頂戴できますでしょうか」

と俯きながら答えた。

「もちろんでござる。今言ってすぐ出てこいとは申しません」

吉村に無理強いをする気はない。北条家が合流してこないことは織り込み済みで、何か出してくれれば儲けもの、程度に構えている。それは、別の陣屋に使者に出る連中とも合わせてある。

ただし、

「すでに近江膳所《ぜぜ》藩、伊賀神戸《かんべ》藩、常州下館藩、お旗本戸田様からも馳走《ちそう》のお約束を戴いております」

と言い添えることにしてあった。馳走とはすなわち、援助のことであり、支援のことである。吉村が口にした諸藩は、すべて河内国内に領地のある藩名である。狭山藩にすれば、近隣諸藩が御親兵に「馳走」したとなると、自家だけがしないわけにはいかない。もし騙されたとしても、全員が騙されたことになり、自家の責任は軽く済む。吉村は、その辺の「侍稼業の事情」にも通じていた。

国家老はどこかホッとしたような表情になり、

「そういうことならば、諸々支度をいたします」

と確約だけは巧妙に避けた返事を残して退出していった。狭山藩国家老が出ていった後には、黒々とした馬糞が落ちていた。

この日の投宿先は、河内甲田村の庄屋、水郡《にごり》善之祐の屋敷である。その屋敷に落ち着いた一行の許に、あちこちから支援物資が届き始めた。最初にやって来たのは、狭山藩の国家老だった。どうやら、国家老は近隣の大名家に問い合わせたようだ。どの家にも支援依頼が来ており、京からの知らせなどを突き合わせると、「あの御親兵は本物《ほんもん》や」ということになった。後は、何を持っていくかの問題となる。

それについても申し合わせをしたようで、鎧、兜、弓、矢、軍馬、鉄砲それに軍糧といった品々であった。ただ、各代官所の在庫事情に応じて、量の多寡はあった。そんな中、下館藩白木代官から、

「領内の百姓を人足として連れて参りました。ご存分にお使いください」

との申し出があり、水郡邸の前に百人ばかりの百姓が群がっていた。それを聞いた忠光卿は狂喜し、

「石川若狭守の忠勤見事である。このこと、きっと叡聞に達するであろう」

との言葉を下した。ちなみに、「石川若狭守」とは下館藩主のことである。さらに「叡聞に達する」とは天皇のお耳に入れることで、これは大変名誉なこととされた。公家が、武士や志士に対して使う殺し文句と言っていい。

こうした近隣の大名領からの差し入れや支援は、一行の士気を最高潮に高めた。

忠光卿の一行が水郡善之祐の屋敷に入った時、善之祐は嫡子英太郎を従えて出迎えた。吉村が、この一挙を企図した際、討ち込みの最終準備地を河内甲田村としたのは、ここに水郡がいたからだ。

水郡は甲田村の庄屋であるが、一方で水郡神社の祀官でもある。文政九年の生まれというから、今年

三十七歳になる。

河内のこのあたりは、楠木正成の地元ということもあって、元々尊皇気風の強いところである。水郡は、ペリーが来航してからは、「神州日本を守れるのは朝廷をおいてほかにない」と思い、積極的な勤王の志士となった。

この水郡善之祐、この年の二月に起こった「等持院事件」に参加している。

等持院事件とは、平田派の国学者を中心とした志士たちが、等持院に祭られていた足利将軍の木像の首を切って、三条河原に梟《さら》したという事件である。

木像の首を切って梟すなど趣味の悪い悪戯《いたずら》に見えるが、尊皇派にとっては真面目も真面目、大真面目であった。というのも、足利家は南北朝の動乱の折、後醍醐帝と反目したことをもって、歴史的には「朝敵」「逆賊」とされていたからだ。

「素直に勅を奉じて攘夷を断行しないと、徳川将軍もこうするぞ」

この行為にはそんな脅迫の念が込められている。

幕府はこの事件を問題視し、実行犯を指名手配にした。

その追手を逃れた水郡は、今回の義挙を聞き、自邸を提供するので、是非参加させてほしいと申し出た。水郡は、近隣の庄屋などにも声を掛け、有志十七人と人足多数を集めて待っていた。また、武具など、近隣諸代官所から受けた支援と同じような品目を、独自で用意していた。

いわば水郡は今回の義挙の大スポンサーであり、吉村たちにとっては恩人でもあった。当然のことながら、忠光卿も水郡の手を取り、

「その方の志、きっと叡聞に達するであろう」

と最大級の謝辞を与えている。水郡は大感激した。


「ご一同。ご参集ありたい」

そう声がかかり、すべての志士が庄屋屋敷の広間に集まった。首座には忠光卿が座り、その右脇には吉村虎太郎、左隣には松本奎堂が座った。後は、彼らに向かい合っている。水郡率いる河内党が加わったので、京の方広寺で参集した時より、一回り大きくなっている。その全員に対し、吉村が、

「これより、軍令を発する」

と宣言し、松本が書いた例の軍令書を読み上げた。全員、寂として咳き一つ起きなかった。誰の顔も
「当然のことだ」と受け止めているように見えた。それを見た吉村が、

「では、陣割りを申し渡す」

と続けた。

「本営には若御前のほか、松本奎堂先生に指揮をお執りいただく」

松本奎堂は目が不自由なため、前々から「若御前をお側で支えたい」と言っていた。言うなれば、忠光

卿の軍師である。

「先鋒は不肖吉村が務める。那須さん、お手伝いくだされ」

先述のとおり、那須も土佐脱藩である。このことは、暗に土佐閥が最も困難な部署を受け持つという覚悟の表れでもある。

「小荷駄兵糧方として水郡殿に就いていただきたいが、いかがか」

これに水郡は「承知」と短くも力強く答えた。

「よし、これにて五條に向かう」


一行が河内路を千早峠に向けて行軍していた頃、京では三条実美が腹心の平野国臣を呼び寄せ、ある密命を与えていた。

三条実美はこの年二十七歳。前年に従三位に昇叙している。その年の九月には、それまでの左近衛権中将から権中納言に進んでいる。三条家は太政大臣にまでなれる「清華家」であるとしても、順調すぎるほど順調な出世と言えよう。

幼少期から聡明で知られ、学問を進めるうちに尊皇攘夷に目覚め、その方面で活躍することになる。二十歳になった安政五（一八五八）年には、水戸藩に幕政改革を促す密勅を差し下す密儀に関わったりしている。

この密勅は朝廷内で不規則な成立の仕方をしたため、偽勅ではないかとも言われているが、真相は不明のままである。密勅を受けた水戸藩は、この上ない名誉としつつも、ぎりぎり最後の最後に「御親藩」であるという意識から抜け出せず、結局はこの密勅を返納している。

この一件で、朝廷と諸藩が直接結びつく怖さを感じた大老井伊直弼が、「安政の大獄」と呼ばれる大弾圧を強行することになる。

三条実美は、長州派志士から物心両面にわたる支援を受けていたが、土佐派とも遠くなく、吉村などとも交流があった。そのため、朝廷からも幕府からも「過激派公卿」だと目されている。

それでも三条実美は国事御用掛に任命された。政治的無能者が多い公卿にあって、三条は帝の覚えがよほど目出度《めでた》かったのだろう。

孝明帝は、攘夷思想をお持ちであったが、それを実行するのはあくまで幕府で、諸藩は幕府に協力せよ、というお立場であった。

三条は、叡慮を奉戴しつつも、幕府では攘夷の実《じつ》が上がらないと考えており、薩摩や長州、土佐などの雄藩が連携して事に当たるべしとの考えを持っていた。因循姑息な幕府にはいずれ鉄槌を下さねばと思ってはいるが、それは今ではない。

そんな三条の許に、

「中山侍従が土州浪士と共に突出した」

という一報がもたらされた。三条は卒倒するほど驚いた。

大和行幸に関しては、大和で諸侯の参集を求めることもあり得る、とは聞いていたが、大和を占拠して帝に献上するなどという話は聞いていなかった。そんなことをすれば、幕府と全面戦争になってしまうではないか。

「百や二百の浪人で何ができると言うんや。連中が潰されるのは勝手やが、そのために大和行幸まで中止にされてはかなわん。急ぎ大和表へ下って、中山を連れ戻して参れ」

その命を奉じたのは、平野国臣という福岡藩士だった。

平野国臣はこの時、三十五歳。尊皇攘夷の志士としては古株である。若年より国学に傾倒し、いわゆる「国粋主義者」になった。同じ攘夷でも、軍事や経済の面から外国を排除せよという論理派とは違い、「日本の神性を守れ」という宗教的な熱狂者である。

平野も、寺田屋事件に連座したり、長州で攘夷戦を戦ったりしている。この辺の行動傾向は吉村などと同じで、吉村も、

「平野さんも一緒にやりませんか」

と誘ったのだが、真木和泉と同様、

「いやあ、さすがに過激にすぎる」

と尻込みした。が、その壮挙は多としていた。この頃の平野は、三条の懐刀として、朝廷内に小職を得

ていた。なので、大恩ある三条実美から「あいつらを止めてこい」と命じられれば、「はい」と引き受けるしかなかった。

この当時、こうした使者や交渉は複数人で行うという習慣があった。平野は天誅組に参加しそこなった安積《あさか》五郎という中年志士を伴に選んだ。

安積五郎は、江戸呉服橋の易者の息子で、清河八郎の同志だった。清河八郎は尊攘志士としては最古参で、幕府に対して、

「将軍上洛に際し、その守護を浪士に任せてはどうか」

と持ち掛けた。幕閣にすれば、腑抜け揃いの旗本御家人に代わり、浪人どもが将軍を守ってくれるなら渡りに船だと、この話に乗った。

ところが、いざ京に着くと、清河は、

「浪士隊は尊皇攘夷実現のため、朝廷の戦士とする」

と掌を返した。これに幕府重役たちは唖然とするばかりだったが、

「それは、この隊の結成趣旨に反するではないか」

と清河に反旗を翻し、袂を分かつことになった者もいた。後に新選組となる芹沢鴨や近藤勇たちである。この後、江戸に戻った清河は、激高した幕府御家人に暗殺されている。

そんな清河の同志だった安積五郎もそれなりに活動歴は古い。ではあるが、清河が浪人どもを率いて上

洛している間、安積は彼の江戸屋敷の留守番をさせられていた。そのせいで京での知名度は高くない。ただ、松本奎堂らとは面識があった。

安積五郎の後の行動を考えると、

「もう留守番は真っ平だ。五條へ行くんなら、俺《おい》らも連れてっておくんなさいよ」

と安積の方から平野に頼んだとみた方がいいだろう。

五條代官所襲撃

日付変わって八月十七日未明。

一行は、河内長野の三日市村の庄屋屋敷に着き、朝食を喫した。この三日市の庄屋屋敷でも、河内国内の有志からの支援物資が続々と到着している。長野村の吉年米蔵という者も支援物資を持参して、義挙への参加を願い出た。忠光卿もこれを嘉して、随行を許した。

ところが、この吉年。四十九歳という高齢に加え相当な肥満体であったので、千早峠を越えることができず、やむなく河内長野へ引き返した。それでも吉年は、吉村たちが滅びるまで、支援物資を送り続けたという。

さて、一行は昼過ぎに昼食休憩を兼ねて、南朝所縁の観心寺に立ち寄った。

ここに駆け付けてきた者がいた。この一挙の首魁の一人である藤本鉄石である。藤本は四十八歳。この一行の中では飛びぬけて年嵩である。平均寿命五十年時代の四十八歳であるから、もはや老境と言っていい。

藤本は岡山脱藩浪士で、京で私塾を開き、得意の長沼流軍学と一刀新流を教えた。一刀新流は免許皆伝の腕前である。見た目も武張っているのだが、画家、書家、詩人といった文人としても名が通っている。多才なのだ。

彼は当初、方広寺に参集する予定であった。しかし、御所で不穏な動きがあると察知し、それを探索するために京に残っていた。探索は不十分だったが、義挙に乗り遅れるわけにもいかず、大急ぎで追いかけてきたのだ。その藤本が、

「今しばらく、出陣をお待ちいただくわけには参りませぬか」

と言ってきた。気先を削がれた忠光卿は、

「この期《ご》に及んで何事か」

と気色《かおいろ》を変じさせた。が、藤本は動ぜず、

「会津と薩摩が妙な動きをしておるのです」

と報告した。ただし、その「妙な動き」が具体的に何を意味し、この一挙に影響があるのかないのか、

判然としないので、それがはっきりするまで待ってはどうかと言っているのだ。

これに吉村は、

「薩摩会津の動きなど何も気にすることはございません。ここで僕らが崛起《くっき》すれば、全国で同志が群がり興り、因循姑息な動きなど自然《じねん》と消えるものと心得ます。要は僕らが、いかに鮮やかにその戦果を挙げるかにかかっております」

と怒鳴るように言った。

吉村は、同志が多数いる前で、「後方で不審な動きがある」などと大きな声で言ってほしくなかった。それに、こんなところでグズグズしていると、幕府方に探知されぬとも限らない。吉村は淀みかけた気分を元に戻すように、

「さあ、大楠公に詣でて、必勝を祈願しましょう」

と予定していた行事を行うよう忠光卿を促した。

ここ観心寺には、南朝二代天皇の後村上帝の陵と楠木正成の首塚がある。

後村上天皇陵の前で忠光卿が祝詞《のりと》を上げ、一同で水盃を交わした。その後移動し、正成首塚の前で、松本が全員を呼び集めた。松本は供の者に命じて、いわくありげな葛籠《つづら》の中から、一枚の旗を取り出させた。供回りがそれをバッと広げると、

「これなるは錦旗なり。一同、拝礼せよ」

と吼えた。

いの一番に片膝を突いたのは、他ならぬ忠光卿だった。それを見た一同は、地に身を投げるように平伏土下座した。旗は綾と錦で織られており、中央に金糸で菊花紋があしらわれている。菊花紋は天皇家の紋所である。朝廷を表す日月旗ではない。

「我ら御親兵は、王政復古を成し遂げられた大楠公にあやかり、勤王討幕の先駆けとなり、頑迷固陋《がんめいころう》な公儀に天誅を加うるものなり」

その松本の一言に全員が立ち上がり、「天誅、天誅」と雄叫びを上げた。

これ以降、彼らのことを人は「天誅組」と呼ぶようになった。


その日の夕方。

千早峠を越えた一行は、大和国に入り、宇智郡の岡という村にある八幡社で足を止めた。この岡八幡宮の社《やしろ》から、小ぶりな五條盆地が一望できる。その八幡宮でも忠光卿が祝詞を奉納し、必勝を祈願した。

ここで数名の同志が待っていた。五條の町医者である乾十郎、大和宇陀の砲術家林豹吉郎など大和の志士たちである。いずれも吉村や池などとは面識はあったが、忠光卿とは初対面だった。

総髪の医師乾十郎は、鉄扇一本を携えているだけである。今しも、その右手の鉄扇を左の掌にビシバシ打ちつけながら、

「若御前、お待ち申し上げておりましたぞ」

と鷹揚に出迎えた。さらに、

「今日も五條代官めは、ダラダラ過ごしておりますぞ」

などとうそぶいている。彼は五條の名士でもあるので、代官とも懇意なのだ。五條代官所を襲撃すると決めた時、吉村は乾と連絡を取り、代官所の陣容や代官の人となりなどを調べさせていた。

乾の話ぶりだと、今すぐ討ち込んでも大丈夫のようだ。

「よし、いよいよ出陣じゃ。吉村、用意はええか」

忠光卿の顔は、これから始まる義挙への興奮で赤く輝いている。対する吉村も、

「万端整うてございます」

と頭を下げた。続けて吉村が一同に向かい、

「狙うは五條代官所のみ。ゆめゆめ民百姓に迷惑を掛けるな。それと、若御前の行在所は桜井寺とする。僕と那須さんは代官所を、藤本先生と水郡さんには桜井寺に向かってもらう」

と指示を出した。

「いざ、出陣」

忠光卿がサッと采配を振った。

天誅組は、岡八幡宮を飛び出した。

先鋒隊長の吉村は騎馬に乗り、槍隊五十人と鉄砲隊三十人を引き連れている。誰の顔も興奮して上気し、正義感に燃えていた。

五條代官所は五條の町の真ん中にある。

士分は十四人しかいない。そのうち、代官の鈴木源内、元締の長谷川岱助、用人の黒沢儀助と伊東敬吾の四人は江戸から下向してきた旗本である。手代以下の十名は在地の下級武士で、押しなべて武芸は苦手である。どこの代官所も似たような体制で、軍事的な反乱に対応できるようにはなっていない。そもそも反乱など想定していないからだ。

代官の鈴木源内は、六十絡みの白髪頭で、温厚篤実で通っていた。前年に信州中野の代官から赴任してきた熟達者《ベテラン》で、領民からも慕われていた。ただ、近年、腰の具合が思わしくなく、外回りなどは部下に任せることが多くなっている。

今日も腰が痛んだので、按摩《あんま》を呼んで揉ませている。この按摩は嘉吉といい、気のいいお喋《しゃべ》り男である。商売柄、領内の諸事情に通じていた。諸事情といっても、どこそこの隠居が妾を囲っただの、あの村役人は賄賂を取っているだの、何とかという医者は「京の天誅賊と仲がいい」とかの下らない噂ばかりである。

領内が平穏で、領民が安気に暮らしていれば、代官など寝ていても勤まるものだと、鈴木は思っていた。もっと言えば、「寝ていた方がよく治まる」とさえ思っていた。

「だから、毎日、こうして寝て暮らしてるのさ」

布団の上にうつ伏せになった鈴木は、嘉吉に腰を揉ませながら、そう言った。嘉吉は、

「結構なご身分で、羨《けな》るい（うらやましい）限りでんな」

と応じている。すでに気心の知れた仲である。

こうした姿が、尊攘派の乾十郎には「堕落している」と映ったのだろう。堕落している代官を狙うのは、世直しの定石である。

大和には幕府の出先機関が二つある。

一つは奈良奉行所である。こちらの方は、南都の大寺社を監督するのが主任務であるが、大和一円の大名の統制も行っている。大和を押さえるなら、この奈良奉行所を制圧するのが順当であるが、与力や同心が多く、近くに大和最大の大名である柳沢家郡山藩十五万石もいるので、なかなかに容易なことではない。

もう一つがこの五條代官所である。こちらの方は、侍が少ないうえに、代官が怠け者だと聞いている。その上、国内の近隣には高取藩二万五千石と新庄藩一万石しかおらず、どちらも譜代大名ながらも藩勢が弱い。

周辺で最も気を付けなければいけないのは、紀州徳川家五十五万石であろう。五條の西隣にある紀伊橋

本郷には、紀州藩兵が屯している。ただし、彼らは奈良奉行や五條代官の依頼では動かない。なんといっても御親藩なので、それなりの立場の者からの礼と手続きが要るのだ。

それでも、いよいよとなれば紀州藩にも動員命令が下るだろう。吉村としては、紀州藩が介入してくるような事態は避けたいと思っている。それには、何よりも鮮やかに勝つことだ。「敵は手強い」となれば、幕府がいくら笛を吹いても、紀州藩のみならず近隣の諸藩は踊らないだろう。

五條代官所では、代官の鈴木が按摩施術中ということで、元締の長谷川岱助が事務を執っていた。そこに捕り方下役が駆けてきて、

「長谷川はん。岡の八幡さんに不逞《ふてい》浪士が集まってます」

と報告した。長谷川は「本当か」と言いつつも、書類から目を離さない。彼が見ている書類は、「庄屋が親不孝者なので懲らしめてほしい」という他愛のない訴状で、字も文章も下手くそで読みにくい。

それにしても、「不逞浪士」とは何事だ。そういう連中が京洛を騒がせているとは聞き及ぶが、こんな田舎にいるはずがない。五條や吉野は尊皇気風の強い土地柄ではあるが、領民が温順で、お上に盾突くような輩などいない。

そう思った長谷川は、ようやく顔を上げ、

「何かの間違いではないのか。今一度調べてこい」

と下役に申し付けた。が、言われた下役はその場で固まっていた。見ると、下役のすぐ横に天を衝くよ

うな巨漢が立っており、下役の首元に抜き身を宛がっていた。

「な、何者だ」

そう長谷川が問うと、巨漢は、

「宝蔵院流槍術皆伝、土佐脱藩、那須信吾ぜよ」

と名乗り、続けて「今言うちょった不逞浪士ぜよ」と言い足した。その上で、

「お前が代官かえ」

と訊きつつ、抜き身を下役から離して、座敷に上がろうとした。解放された下役は、弾かれたように飛んで逃げた。その隙を捉えて、長谷川が背後の刀架に手を伸ばした。が、それを許す那須ではない。ダッと間合いを詰めると、長谷川の背に斬り付けた。長谷川は深手を負いながらも、

「出合え、賊じゃ」

と叫んで、仲間に急を知らせた。那須は、

「うるさい。暴《ほた》えな」

と言って、長谷川の背中に大刀を突き入れた。長谷川岱助は即死した。

那須は、そのままズカズカと役所に上がり込み、「この辺か」と思う襖《ふすま》を躊躇《ちゅうちょ》なく開けた。そこには、代官の鈴木が嘉吉に腰を揉ませている真っ最中だった。鈴木は、突然ことわりもなく押し入ってきた那須に、

「誰かね」

と訊いた。那須は律儀に「土佐浪士、那須信吾」と応じ、「代官か」と訊いた。鈴木は慌てず、

「刺客か」

と訊いたが、那須は答えずに斬りかかった。その時、恐怖に縮こまっていた按摩の嘉吉が「ひいい」と叫んで、突然駆けだした。図らずも嘉吉は、那須と鈴木の間に身を投げ出す形となり、ズバッと斬られてしまった。

そこに隊士数名が雪崩込み、覆いかぶさるようにして鈴木を捕縛した。

その時、代官所の前庭には、吉村虎太郎が仁王立ちに立っていた。吉村は槍隊《やり》と鉄砲隊を直卒しており、穂先筒先を代官所に向けさせていた。その後ろには、忠光卿が騎乗しており、池内蔵太が護衛している。

吉村は、那須信吾を突撃隊長に指名し、隊士二十人を付けて突入させた。那須を先頭に代官所に討ち入った後、奥から「出合え」という声がした。その直後、代官所の中から数人の役人が飛び出してきた。それを見た吉村は、さっと采配を振り、「かかれ」と命じた。それに応じて槍隊が襲い掛かり、乱闘となった。

だが、瞬く間に代官所の役人たちが制圧され、乱闘はすぐに収まった。

やがて、代官所内から那須が出てきた。那須の後ろには、後ろ手に縛られた代官の鈴木がいた。鈴木は

庭に出るや蹴り飛ばされ、額から転倒した。

この時の乱闘で、元締長谷川岱助、用人黒澤儀助、同じく用人伊東敬吾の三名と、按摩の嘉吉が死亡している。

逃亡したのは手代の高橋勇蔵、小原五郎三、森脇弥太郎、壬崎粂蔵、それと書役の恒川庄次郎、取次の木村祐次郎の六名だった。ただ、このうちの木村祐次郎は、この翌日、追手にかかって死んでいるし、高橋勇蔵も後日、天誅組との戦いで落命している。

捕縛されたのは手代の近藤米太郎、矢崎信太郎、梅田平三郎など合計八名、それに代官鈴木源内であった。

吉村は庭に転がされた鈴木に近づいて、

「代官殿におかれては、帝の大和行幸のことはご存じか」

と訊いてみた。鈴木は「ふん」と鼻であしらい、まともに答える様子はなかった。

「帝は、行幸に先立って大和を静謐《せいひつ》にせよと仰せになり、前侍従中山忠光卿をお遣わしになられた。中山卿は僕らをお召しになり、叡慮を察せよと仰せになられた。わかるかな」

それでも鈴木代官は吉村から目を背けている。

「貴殿五條代官は、吉野、宇智、宇陀、葛上、高市の五郡四十五カ村七万一千石の公儀御料地を支配しておられる。これを天朝様に献上なさる分には、勅命に従わぬ不遜無礼な徳川家の家臣といえども、一命はお許しになられるであろう。いかがか」

そこで初めて鈴木は、

「物も言いようじゃあねえか。近頃都を騒がす天誅賊てぇのはお前さんたちのことかい。勅を賜ったって言うんなら、見せてみろってんだ」

と憎々しげにうそぶいた。ぐるりを囲んでいる隊士から「何を」「無礼な」と声が上がったが、鈴木は悪びれもせず、馬上の忠光卿を発止《はっし》と睨《にら》み、

「それにおわすが中山さんかい。見たところ、年歯も行かぬ青公家さんじゃござんせんか。アンタ、騙されてるよ、この土佐っぽに」

と伝法な口調で忠光卿を侮辱した。しかし、吉村は冷静に、

「ご公儀代官職ということで、一応の礼儀は尽くしたつもりだが、やはり東夷《あずまえびす》には話が通じなんだか。致し方ない、首を刎《は》ねよ」

と傍らの那須信吾に命じた。それを聞いた鈴木は、

「ふん、これで正体が知れたぜ。お前さんら、二本差しちゃいるが、土佐あたりのドン百姓だね。物を知らねえというのは悲しいもんだぜ。降将にゃ腹ぁ切らせるもんだ。それを首を刎ねるって、ふん」

と、その言葉が終わらぬうちに、那須の佩刀が鞘走った。

シャッと音がしたかと思った瞬間、鈴木の首は一間ほども飛んで、忠光卿の騎馬の前に落ちた。その顔

には「まだ言いてぇことがあるんだ」と書いてあった。

頭を失った鈴木の首元から、シャーと血がほとばしり、西に傾いた日の光を受けて虹が立った。その虹が収まるのを待って吉村が、

「代官を捕斬し、代官所を接収いたしました」

と忠光卿の許に駆け寄って報告した。忠光卿は、この時初めて人斬りを見たはずなのだが、気丈にも、

「大儀」と鷹揚に応じた。

そこに、藤本鉄石が馬でやって来た。藤本は、

「やあ、もはや勝負はついたか」

と磊落《らいらく》に言い、忠光卿の前で下馬し、一礼した。

「御座所が整いました」

「よし、代官所に火を掛けよ」

忠光卿はそう言うと、一刻も早く代官所を離れんと、馬首を巡らせた。すると今度は輿に乗った松本奎堂が、

「お待ちください。代官所の書類を寺に移させてください」

と言いだした。これには那須が困ったような顔を吉村に向けた。吉村も書類の件は聞いていなかったが、「ああ、なるほど」とすぐに松本の意図を理解した。

「那須さん、これは漢の蕭何《しょうか》ですよ」

中国の故事である。

後に漢帝国を打ち立てることになる劉邦は、始皇帝亡き後の秦の都に一番乗りを果たした。劉邦以下の全兵が宮殿の財宝や美女を求めて走りだす中、ただひとり、蕭何という文官だけは、秦の書庫を封鎖し、略奪放火の難から重要書類を守ったという。

書類は行政の精髄である。戸籍や収税などについての記録や、現在進行形の訴訟案件などは、為政者が変わったからといって、捨てていいものではない。五條代官所の書類を保護したことは、彼らの志の高さを示す事項として、朱で特筆すべき事歴である。

八月十八日の政変

八月十八日、早朝。

「これをご覧くだされ」

そう言って朝食中の忠光卿に一通の書き付けを差し出したのは松本だった。「ふむ」と言って忠光卿が茶碗を置いてそれを受け取った。一緒に飯を食っていた藤本と吉村も、

「何ですか」

と興味を示した。松本は見えない目を忠光卿に向けながら、

「人事の案です」

と言い、膳を脇にどけて、体ごと上座に向けて平伏した。忠光卿が広げた書き付けには、墨痕鮮やかに「五條御政府」という題と、人名がずらりと並んでいた。人事と聞いて藤本は、「それはいい」と膝を打ち、

「ここまでは勢いでやってきたが、これからは筋道を立てて動かねばならん。三百人にまで膨れた隊員をまとめるためにも、大事なことですよ」

と忠光卿に笑顔を見せた。

前述のとおり、組織を明確にすることは各自に役割を与えることである。その上、これまでは忠光卿に集中していた責任と権限を幹部に委譲するという意味もある。これにより、組織が機能的になり、機動的になる。悪いことなど何もないのだ。

「まず最初に、組織の名前ですが、『五條御政府』でよろしいですかな」

松本がそう言うと、吉村が、

「え、天誅組じゃなかったんですか」

と聞き返した。昨日、五條代官所を制圧した直後から、誰が言うともなく「天誅組」と呼ばれていた。

吉村は「勇ましいではないか」と思っていたが、藤本は、

「いやいや、『天誅』などという不穏な言葉を入れるべきではない」

とたしなめた上、

「我らは戦をしにきたのではない。御親政の下地をつくりにきたのです。『御政府』、いいじゃないですか」

と両手を挙げて賛意を示したので、吉村も了とした。

「さて、御政府の首座を『主将』といたします。この主将には若御前にお就きいただくとして、諸事を総覧する『総裁』には吉村君、『取締』に鉄石先生、それがしが『元締』、また、河内の水郡《にごり》さんを『荷駄奉行』としたい」

松本は代官所の役職を参考にしたようだ。藤本は「うんうん」と頷いたが、吉村は血相を変えて、

「いやいや、総裁は僕じゃなく、鉄石先生か奎堂先生がふさわしい」

と言って掌をふるふると振った。年長者たちに配慮を見せたというより、本気で「いやいや」と思っているようだ。

「いや。ここまでの手筈を整え、全く遺漏がないというのは、ひとえに吉村君の働きだ。あなた以外に考えられない」

「いえいえ、長幼の序を踏み外しては、五條御政府の道理に合いません」

これに忠光卿は、

「吉村。それを言いだすと、最年少の磨などは一兵卒になってしまうやないか」

と笑った。これには吉村も参ったらしく、

「いやいや、若御前は貴きお家柄の御曹司。僕らと同列にはできませぬ」

と慌てた。さらに忠光卿は、

「年の順となれば、御政府の中には、藤本や松本より年長の者がおる。それらを頭に頂いても、誰も承服せんやろ」

と畳み掛けた。正論である。吉村は窮した。そこで忠光卿が、

「ほんなら、総裁は吉村と藤本、それに松本の三人にしてはどうか」

と言いだした。さらに、

「三人はそれぞれ得意とする分野が違う。それぞれが得意の仕事をしたらええ。それと、それぞれの総裁に監察を付けたらどないやろ」

と言いだした。忠光卿も、前々からいろいろと考えていたようだ。この提案に立案者の松本も、

「総裁ごとに監察をつけるというのは名案ですな」

と賛同した。

「監察」とは、日本古来の軍制で言えば「軍目付」もしくは「軍監」に当たる。総大将が職務を全うするかを見張る役である。ただ、この軍目付は、大将が戦死するなど職務不能になった場合、これを代行す

ることができる。今の会社組織でいえば、監査役が副社長を兼ねるようなものである。

総裁と監察を三人にすることで案が修正承認され、御政府内に発表された。全部を列挙するとくだくだしくなるため、重職だけを紹介しておく。

主将　中山忠光（公家・前侍従）

総裁　藤本鉄石（備前）、松本奎堂（三河）、吉村虎太郎（土佐）

監察　那須信吾（土佐）、吉田重蔵（筑前）、酒井伝次郎（筑後）

側用人　池内蔵太（土佐）

小荷駄奉行　水郡善之祐（河内）

「では、主将。お言葉を」

松本がそう言うと、藤本も吉村も上座の忠光卿に向かって平伏した。

「諸君。この五條を理想郷にしよやないか」

突然挨拶を振られたが、忠光卿は怖《お》じることなくそう言った。

その直後、本陣とした桜井寺の門前に、

「御政府」

と書かれた看板と、錦の御旗が立った。

その看板がかかった山門を、二人の壮漢が入ってきた。三条実美から派遣されてきた平野国臣と安積五郎だった。

「御免」

と入ってきた平野を出迎えたのは、藤本だった。藤本は旧友の顔を見て、

「おお、平野殿。ご加勢に来てくださったか」

と喜んだ。平野は表の看板を指さして、

「もはや、やったのか」

と目を剝《む》いて訊いてきた。藤本は上機嫌で、

「昨夕、五條代官所を襲撃し、代官所所管の公儀直轄地を接収した」

と得意げに話した。藤本が武勇伝でも語るように、昨日の襲撃の様子を語っているうちに、忠光卿の部屋に到着した。「平野国臣来る」の一報を得て、別室で領内への触書を書いていた松本と、寺外で軍務を見ていた吉村が駆け付けてきた。彼らは口々に、

「平野殿もご加勢に参られたのか」

と喜び、忠光卿などは「酒を持て」と置き眉を上下させた。さすがに平野は「あいや」と酒の支度だけは止めさせ、

「実は、中納言様のご意向を承ってきた」

と告げた。中納言とは三条実美のことである。

忠光卿は、

「中納言殿も喜んでおられよう」

と、平野に「ご意向」を催促した。平野は覚悟を決め、「では」と前置きして、

「中納言様は、貴殿らの行動につき、そのご趣旨には理解を示されているが、構えて乱暴狼藉するべからずと仰せです。今、騒ぎを起こせば、公儀が兵を出して戦となり、行幸そのものが流れかねない。自重を求めたい。そう仰せです」

と苦しげに言った。

それを聞いた忠光卿は、顔面蒼白になって固まった。

三条実美は急進派公卿の中心的存在という以上に、兄とも慕っている先輩である。その先輩から「だめ」と止められたのである。

しかし、吉村は、「今更何を仰せか」と言って畳をバンと叩いた。さらに、

「公儀に潰されるから何もするなとは情けない」

と叫ぶと、平野に詰め寄らんと立ち上がった。慌てて藤本が吉村の袴の裾を摑《つか》んだ。それでも吉村は、

「最初から、公儀を潰す気で立ち上がったのだ。それを今更何を言うがか」

と叫んだ。語尾が御国言葉になっている。これに藤本が、

「吉村総裁、言葉が過ぎる。平野さんを責めても仕方がないではないか」

とたしなめた。そう言われてハッと気がついた吉村は「失礼した」と言い、ドカリと腰を下ろした。平野も、

「儂も、こげなつまらん遣いなどしとうなか。ばってん、中納言様のお言いつけとあらば仕方んなか」

と言うや、プイと横を向いた。そんな平野に藤本が、

「三条公の御憂慮はごもっともなれど、すでに賽は投げられた。しかも、その賽は良い目を出しておる。このまま、この調子で突っ走れば、三条公の御心配も杞憂に終わろう」

と半分は平野に向け、もう半分は上座で固まったままの忠光卿に向けて言った。それに和したのが松本で、

「そもそも、三条公には慎重居士の面があった。故に、この壮挙の全貌をお知らせせなんだ。三条公にすれば、五條代官所を襲うなど、寝耳に水で驚かれたのであろう。しかし、今も藤本総裁が仰せになったとおり、壮挙は成功してござる。三条公に『事成れり』とお知らせすれば、御憂慮も解消するであろう」

と言いだした。これに忠光卿も、

「せ、せやな。中納言殿は心配性であらしゃいまっさかい、麿のことを案じて平野をお遣わしにならはったんやろ。せやけど、麿はこうしてちゃんとやってる。平野、麿の様子を中納言殿にお知らせしてくれへんか」

と気持ちを立て直した。

「では、そうするか」

平野はそう言うと、立ち上がりかけたが、同行の安積五郎が、

「ああ、平野先生。俺《おい》ら、ここまで成果を上げなすった皆さんとご一緒してぇんだが、いいかな」

と言い、

「平野先生も皆さん方の奮闘をご覧になってからお帰《けえ》りになられたらどうだろうねえ」

と言い継いだ。

平野も元々は吉村たちと思想方向も行動様式も似通っており、浮世の義理から三条実美にくっついているだけだったので、

「そうだな。では、そうするか」

と上げかけた腰を下ろした。一同はやれやれと肩の力を抜いたが、ひとり藤本だけは、

「ご一同。三条公の話は他言無用でいきましょう」

と怖い顔をして念を押した。これには一同が「いかにも」と同意した。

その頃、京では政変《クーデター》が進行していた。

これまで、孝明帝の身辺警護を含め、朝廷全体を取り仕切っていたのは長州藩であった。正規の長州藩

士のみならず、長州派といわれる浪士や、長州と近い吉村などの土州派の浪士も入り込んでいた。彼らは、三条実美など有力公卿を抱き込み、攘夷を急ぎ、幕府を追い落とそうと画策していた。

しかし、肝心要の孝明帝は、攘夷はあくまで幕府が主体、というお考えをお持ちであった。長州が主張する「討幕」など微塵も御心になかったのだ。それなのに、次々と過激な勅が発行され、宸襟を悩ませられていたのである。

これを憂慮した複数の雄藩は、密かに会合を持った。藤本が「薩摩と会津が何やらしているらしい」と言っていた例の動きである。その薩摩と会津の間で、

「帝を壟断《ろうだん》する長州一派を追い落とすべし」

との方向で話し合いが始まった。

この秘密談合を行うに当たり、京都守護職を務める会津藩は、家老格の秋月悌三郎という大物を立てたが、薩摩は高崎佐太郎という聞いたこともない藩士を差し向けてきた。岩崎佐太郎は、後に維新政府に出仕し、明治帝の和歌の師匠になっている。

薩摩は、自分たちが長州にマークされていることを知っており、その目を晦《くら》ますため「歌詠みの佐太郎」を出してきたのだ。そういう事情なので、岩崎は連絡役《メッセンジャーボーイ》でしかなく、背後で西郷と大久保が糸を引いていた。

これにより、長州藩や長州派の志士だけでなく、三条実美などの公家衆も、その動きを察知できなかっ

た。

薩摩と会津は、

「長州派公卿の参内を禁止して謹慎処分にすること。長州藩の御所警備の任を解くこと。長州藩士と浪人を一掃すること。議奏などの朝廷人事を一新すること。それに、大和行幸を延期すること」

との諸点で意見が一致した。これを書面に認《したた》め、中川宮という薩摩派の青年皇族に託した。

中川宮は未明の御所を小走りして、帝の御座所に伺候した。身辺には誰もいない。孝明帝は書面を御覧になった。そして、密やかに賛意を示された。その直後、薩摩と会津の兵が御所を取り囲み、長州藩の御役御免と長州派公卿の参内禁止を発した。

この政変により、長州藩は朝廷における地位を失ったばかりか、一転して朝敵扱いとなった。長州は、薩摩と会津の陰謀であることはわかっていたものの、御所を盾に立ちはだかる薩会両藩に矛を向けることを諦め、長州へ退散した。

参内禁止を食らった公卿の中に三条実美もいた。三条実美は、長州藩と行を共にすることとなり、長州へ下って行った。世に言う「七卿落ち」である。

長州もやられっぱなしではない。このちょうど一年後、軍勢を催して巻き返してくる。これが「蛤御門の変」とか、「禁門の変」とかいわれている事変である。だが、長州藩はここでも敗北し、歴史の表舞台から一時退場する。が、それは先の話。

五條御政府

八月十九日。

真っ青に夜が明けた。

昨日から、松本奎堂が認めていた触書が村々に発布された。

「近年、攘夷を仰せだされたにもかかわらず、公儀と公儀の代官は、自分たちの驕奢のために四民を害するばかりで、却《かえ》って攘夷の叡慮を妨げている。そんな中、帝は御親征を仰せだされた。我らは、前以《もっ》てこうした害を排除するため発向してきたものである。特に、当地の代官鈴木源内は、今挙げた不都合甚だしい者であったので誅戮《ちゅうりく》を加えた。以降、五條代官所が支配していた土地については、天朝様の直轄地とし、その民は帝の民とする。おのおの神明を敬い、君主を重んじ、国体を拝承せよ。今回、天朝様直轄地になったことの祝儀として、今年の年貢は半額とし、諸事手続きを簡略化するものなり」

これに併せ、代官所で押収した家財道具や衣類を、貧窮している者に下げ渡し、兵糧の炊き出しを行った家々には褒美を出した。燃え上がる代官所を怯えた眼で眺めていた五條の町民は、一夜明けて出されたこの声明に安堵した。さらに、実際に敷かれた政治《まつりごと》についても、歓喜をもって迎え入れた。

その一方で、鈴木代官以下四名の代官所幹部の首を、街道沿いに梟首した。

「この者ども、わずか三百年の幕府の恩と、天地開闢《かいびゃく》以来の天朝の恩とを同列に考え、皇国を辱めることが夷狄を助けることになることにも気がつかなかった愚か者である。しかも、志有る者を圧迫し、民から収斂《しゅうれん》し、それを着服した。その罪重大であるにより、誅戮を加えたものなり」

捕縛された代官所の下役人や人足たちは、三日間勾留された後、釈放された。その際、巻き添えを食って死んだ按摩の嘉吉について、その女房が、

「うちの嘉吉は、お役人でもないのに命を取られました」

と訴え出てきた。天誅組内部でも、

「斬った中に町人がいた」

と問題になっていたことから、この訴えを素早く取り上げ、

「首を下げ渡し、葬礼料として白米五斗と金子五両を下げ渡すものなり」

と弔慰料を添えて遺体を返還した。これも、五條町民に歓迎された。

そうした区々たる行政処理とは別に、近くの恵比寿神社の境内に、「御政府」の施政方針と思想的な立脚点を明記した文書を掲げた。

「皇祖は天神天地を開いて万物を生じさせた。皇孫はその天地万物を総覧されておられる。すなわち、皇帝は天地の大宗主であり、万民は庶民の端までその末裔であり、朝臣である。家臣を持つ者であっても天朝の家臣である。この君臣主従の分をわきまえ、士民それぞれが与えられた職に真面目に取り組むことが忠孝の道である。その上で、先祖を祀り、皇室をお守りすることで天恩に報いるべし。これこそ、天人一

致の大道である」

　さらに、周辺の村々には、

「我らの同志に加わりたい者は、苗字帯刀を許し、五石二人扶持で召し抱える。また、米穀に困窮している者がいれば、余剰米を買い上げたうえで施米をするので、申し出るように。さらに、陳情すべきことがあれば、申し出ること。いずれにしても、村役人はこの布告を遺漏なく村中に布告せよ」

　というお達しが下された。

　このお達しが下った直後、逮捕者が二名出ている。一人目は、中村という村の庄屋で山形与一という者である。彼は「平素から非道にして村方の気受け宜しからず」と村民から嫌われていた。天誅組では、訴訟途上だった本件を取り上げ、庄屋職を罷免し、罰金刑を言い渡した。

　今一人は、二見村の源右衛門である。彼は、以前から母親に対する不孝の廉《かど》で訴えられていた。天誅組は、これも取り上げ、即日、永牢並びに家財没収の有罪判決を言い渡している。ただし、家督については弟に継がせ、

「お前は兄の分まで孝行せよ」

　と訓諭している。

　懲罰だけでなく、褒賞も行っている。天誅組を手厚く迎えたことと、平素より孝行で尊皇の志に篤いということで、新町村の森脇久兵衛に褒美が差し下されている。

天誅組においては、統治の哲学を「徳」に置き、中でも「孝」と「忠」を重視した。

領民に対しては、「孝」を最高道徳にせよとした。「孝」を突き詰めていくと、先祖を祀り、皇祖を敬うことになるからだ。

その一方で、武士に対しては、「君」に対する「忠」を求めた。「忠」は「孝」ほど単純ではない。

周辺諸大名家に出された布告には、

「大和行幸を邪魔だてする向きもあり、嘆かわしい限りである。その方ども、朝廷は君であるが、公儀は単に主であるにすぎない。君臣主従の大義をよくわきまえて、我が許へ参集せよ。会盟に来ない場合は、時日を移さず討伐する」

とある。つまり、忠義を発揮する相手は、侍稼業の「主君」ではなく、日本の「君主」であれと説いている。要は、徳川家ではなく、朝廷に従えと言っているのだ。

それはともあれ、この布告を大和国内にある郡山藩柳沢家十五万石、高取藩植村家二万五千石、新庄藩永井家一万石、柳生藩柳生家一万石といった譜代と、芝村藩織田家一万石、柳本藩織田家一万石、小泉藩片桐家一万石の小外様の各藩に送りつけている。送られた方はさぞ困惑したことだろう。

さらに、五條代官所のある宇智郡には徳川家の旗本領が多い。旗本領では村庄屋が代官職を兼務しており、侍はいない。天誅組では、これら庄屋兼代官の非直も吟味し、不適切な者を罷免したり、田畑を没収したりしている。没収した私財は売却し、それで得た財貨をその村に返還している。天誅組では実に十一カ村の旗本領を接収した。

これら諸施策は、一般の百姓町民には好評だった。庄屋階級の出身者が多い天誅組ならではの特性だろう。

そんな中、吉村は同志の那須信吾を高取藩に遣わした。河内で狭山北条家に対して行ったような協力依頼を行うためである。

高取藩は、植村氏二万五千石の譜代大名である。当主は出羽守家保といい、この年二十七歳の青年大名で、江戸城和田倉門番を命じられるなど、出世の階段を昇り始めていた。

この植村家は単なる譜代ではない。松平家の本拠地の城があった「安祥《あんじょう》以来」と呼ばれる徳川家の中でも最古参の家柄である。戦国時代、植村家次という者が家康の嫡男信康の小姓をしていた。ところが、この信康が廃嫡され切腹させられた（これは織田信長による冤罪だったという説がある）ことから、側近だった植村家次も罪を問われて徳川家を離れざるを得なくなった。

最終的に植村家次は帰参するのだが、家康の伸長期にいなかったことが災いして、出世が遅れた。遠州や駿河など、家康に征服された地にいた者までが大名となる中、植村家は旗本身分のまま取り残された。それが、三代家光の代になり、柳生但馬守宗矩《むねのり》らの口添えなどもあって、ようやく大名に取り立てられた。そういういわくが付いているだけに、徳川家に対する忠誠心は他の家よりも強い。

そんな植村家高取藩においても、五條代官所襲撃の一報は得ていた。ただし、幕府からは何も言ってき

ておらず、成り行きを見守るしかなかった。その高取藩が八月十八日付で家臣に通達した文書には、

「昨日、五條代官所で異変があった。当藩の領内に飛び火する可能性もあることから、各自家で待機しておれ」

とある。まさに息を潜め、首を竦《すく》めている様子が窺い知れる。そんなところに那須信吾が幕僚を引き連れて現れたのである。

高取藩では、幕府からの誤解を避けるため、城ではなく城下の宿屋で対応している。応接に出たのは月番家老の内藤伊織と多羅尾儀八の二名であった。那須は、

「すでに、河内の狭山藩や下館藩の代官所からは、弓矢や鉄砲、馬、甲冑、軍糧、人足などの提供を受けちゅう。貴藩も、五條御政府に忠勤を尽くし、天朝様の御恩に報いられてはいかがですろうか」

と迫った。田舎道場の婿養子が、二万五千石の家老職を下座に据え、高々と物を申すなど、平時においては考えられない事態である。承る内藤家老にしても、天朝様からの申し出を無碍《むげ》に断ることもできず、かと言って幕府の意向もわからないことから、腫物に触るような感覚で応接した。

「五條でのお働きは耳にしております。しかし、我ら一存では事を決しきれず、一両日お待ち願いたい」

内藤家老は大汗を掻《か》きながら、どうにか時間稼ぎをしようとした。しかし、そんなことを許す那須ではない。「それでも貴殿はご家老か」と叱責し、

「いかに安祥以来のご譜代様でも、天朝様へご忠義を尽くす気ぃはあるろうに」

と「いいえ」とは答えられない問いを発した。内藤家老が窮したと見るや、那須は「ほんなら」と声を太くし、

「何を、どんだけ、いつまでにっちゅう事務の問題しか残らん。御家老さんやったら、それくらいすぐにでも決められるやろ」

と問い詰めた。窮した内藤家老は、

「畏れ入りました」

と総論では争わない姿勢を示しつつも、

「武具軍糧の支度や兵員人足の招集には若干の時日を要しますれば、両三日のご猶予を頂戴できますでしょうか」

と些《ささ》やかな抵抗を試みた。そこで那須は、

「ほんなら、今出せるだけの物を出して、残りは後日っちゅう『請書』を出しとおせ。請書が貴殿らぁのお立場を危うぅするんやったら、こっちが借用するっちゅう形をとってもええきに。請書に『貸した』と書いておいとおせ」

と理解を示すフリをした。

「承知しました。では、借用ということで」

交渉は決着した。責任を取らされたくない内藤家老にすれば、城に帰って、

「いやあ、苦労しましたが、借用ということで押し返しました」

と報告できるのだ。「よくやった」と褒められることはないだろうが、「阿呆か」と責められるようなこともないだろう。一方の那須にすれば、「借用」といっても返す気はない。自分たちが天下を取れば、高取藩は自ら借用書を破るだろう。

この日、紀州藩にも遣いが出された。

使者となったのは、土佐脱藩浪士の池内蔵太である。

池は、この時、二十三歳。土佐の下級武士の出である。生来賢俊で、二十歳の時に江戸に遊学させてもらっている。その経験を買われて、江戸と大坂を視察せよという命を受けて土佐を出た。しかし、池は藩主山内容堂の公武合体論が気に入らず、藩を捨てて吉村虎太郎に合流している。彼も武市半平太が主宰した土佐勤王党の有力な同志である。

その後は吉村と行を共にし、忠光卿が出向いた長州の攘夷断行戦では、非長州藩士で構成する遊撃隊の参謀となり、アメリカ船砲撃の指揮を執っている。小柄で童顔のため子供のように見えるが、実戦経験豊富な筋金入りの志士である。

その池内蔵太は、紀州藩の橋本屯所へ向かった。

五條は大和国の中で最も紀州に近い町である。桜井寺の本陣から、紀和国境まで一里、さらに紀州伊都郡の橋本郷まで一里しかない。その橋本郷には、紀州藩の出張所があり、兵が屯している。記録では、池は紀和国境から兵の屯所まで二つある関所を、「天朝様の御用で橋本屯所まで罷り通る」で押し破って通過した。

紀州藩は、徳川家康の十男、頼宣を藩祖とする五十五万石の「御親藩」、いわゆる「徳川御三家」の一つである。現在の当主は徳川茂承《もちつぐ》であるが、前の藩主だった慶福《よしとみ》は家茂と名を変えて徳川本家を継ぎ、第十四代征夷大将軍になっている。

紀州藩は、同じ御親藩である水戸藩ほどではないにせよ、勤王家が多い。しかし、「公武合体」を藩論としていることから、池としては敵性藩だと思って対応するしかない。しかも、五十五万石という巨大組織であり、対応を誤ると、大軍をもって攻め込まれるという危険性を孕《はら》んでいる。

そんな気構えもありつつ、小役人相手に時間を取られたくないため、番兵しかいない小砦を無視して、指令官がいる橋本郷まで押し通った。いわば「関所破り」であるが、紀州藩は錦旗を掲げる池を押し留めることができなかった。

さて、その池の一行が錦旗を翻して橋本郷の代官所までたどり着いた時、五條の吉村から遣いが飛んできた。まさに「飛んできた」という表現のとおり、馬の鬣《たてがみ》にしがみ付くような走り方で、池が通された役所の座敷に駆け込んできたのだ。

「何よ、どうしたの」

そう訊く池に、使者は一通の書き付けを渡した。そこには、

「京で政変これあり。我ら、賊軍となり果てり。すぐ戻れ」

と書かれていた。まったく要領を得ないのだが、池としては帰陣するほかない。池は書き付けを懐にねじ込むと、

「ごめんなさい。中山さんから呼び出されちゃいましたんで、今日のところは帰ります」

と言ってペコリと頭を下げた。

池は江戸に遊学中、吉原の遊女から、

「あんさん、可愛《かわい》い顔してるんだから、妙な田舎言葉はおやめなんし」

と言われたとかで、以来、江戸だけでなく、京でも土佐でも、江戸の若衆言葉を使うようになった。それが妙に似合っていたので、師匠格の坂本龍馬も、

「お前《まん》はそれでええがよ」

と笑って許している。別に、誰に許可をもらう筋合いではないが、

「池内蔵太は、あれでええ」

ということになっている。

それはさておき、紀州藩の役人は何か粗相があったのかと思い、青い顔をして、「いかがなされた」と盛んに聞いてきたが、池は、

「ごめんなさいね」

で押しとおし、来訪の目的すら述べずにその場を去った。

暗転

池が呼び戻される半日ほど前、五條の御政府に大汗掻いて飛び込んできた者がいた。

古東《ことう》領左衛門という初老の男である。

古東は淡路国三原郡の庄屋で、この年四十五歳。年も境遇も近い藤本鉄石とは元々懇意で、天誅組の一挙に際して家財を処分して献金するなど、肩の入れようは参加者以上であった。

「儂、もう年やし、荒事はどうも」

そう言って京に残っていたのだが、その古東が血相変えて飛んできたのだ。昨日の平野の件もあるので、応対に出た藤本は、何か言いたそうな古東の口を塞ぐように忠光卿と吉村たちがいる奥の間に連れ込んだ。そこには、昨日来た平野国臣もいた。

「古東さんじゃないですか。何かあったんですか」

そう勢い込んで訊いたのは、その平野だった。

古東はろくに挨拶もせず、いきなり言った。

「勅がひっくり返った」

声がひっくり返っている。平野が「何だって」と訊き返すと、今度はその平野の顔の前で、

「勅がひっくり返ったんや」

と大声を出した。これに松本奎堂が、

「古東さん。まさかと思うが、勅がひっくり返ったとは、大和行幸が取りやめになったということでしょうか」

と念を押した。古東は「そうや」と頷いた。これに、

「えええ」

と驚いたのは、忠光卿だった。忠光卿はこの世の終わりを見たような顔になり、持っていた笏を落とした。平野は「本当か」と言い、藤本は「ふうむ」と腕組みをした。吉村は血が出るほど唇を噛んでいる。古東の目も血走っている。

ひとり松本だけが冷静で、

「いやいや、大和行幸は牛車の順番から、どの藩にどれだけ御用金を申し付けるかまで決まっておりました。それがひっくり返された、ということですか」

と確認した。古東は再度「せや」と頷きつつも、絶句する松本を無視して、

「あれは乱や。薩摩と会津がとんでもない乱を起こしたんや」

と前置きした古東は、八月十八日の早朝に通達された事を語った。

ひとつ、長州派の公家が参内禁止となり謹慎となったこと。

ひとつ、長州藩が禁裏御守護を解任されたこと。

ひとつ、長州藩士と長州派浪士が捕縛対象になったこと。

そして、大和行幸が中止となったこと。

さらに、

「三条中納言様はじめ、七人のお公家衆が追放となり、長州へ落ちはりました」

という古東の最後の一言が、忠光卿を打ちのめした。と同時に、平野国臣にも衝撃をもたらした。三条は彼の恩人であり、今となっては主人格である。その平野は、

「こうしてはおられん。すぐに、中納言様の後を追う」

と言い、会釈ひとつを残して座を立った。その場の誰もが、平野を止めない。見送りもしなかった。平野は、同行してきた安積にも告げずに、そのまま都に戻った。

藤本もまた衝撃を受けていた。彼が察知した朝廷における薩摩と会津の動きとはこれだったのだ。

そうした個々の思いをよそに、古東は、

「このままやと、ここにも公儀の軍が押し寄せてきます。早いこと店じまいしなはれ」

と言い募った。

「あいや、古東さん」

藤本が分厚い掌を出して、古東を止めた。

「ご心配はごもっともなれど、すでに我らの賽は投げられており申す」

藤本は、絡む痰《たん》をゴホンゴホンと切りながら、一昨日に五條代官所を急襲し、代官を殺し、幕府直轄地を横領した件を話した。その上で、

「今更、店じまいなんぞ、できかねる」

と苦しげに言った。吉村も激しく頷いたが、松本は、

「左はさりながら、今回の義挙は、帝の行幸に際して大和の静謐を保つために立ったものです。行幸が取りやめとなった今、計画自体を見直す必要がありましょう」

と言いだした。さらに、

「今回の政変《こと》で、帝に倒幕のご意志がないことが明確となりました。帝が公武一和をお望みならば、臣たる我らもそれを奉じるべきではござらんか。叡慮に従わざれば、すなわち公儀と同じです」

と言い継いだ。

その時、バンと畳を叩いて、

「いや、違う」

と叫んで立ち上がったのは吉村だった。

「お言葉ながら、僕らは、『攘夷をする』と言いながら何もしない公儀を責めるために立ち上がったのだ。誰に何と言われても、僕らは僕らの正義を貫きとおすべきである」

これに、「いや吉村総裁」と、松本が反論しかけたところ、吉村が、

「叡慮はいまだ攘夷にある」

と怒鳴って遮った。吉村は「そうではないですか」と、味方を募るように藤本に問い掛けた。藤本は

「それはそうだろうが……」と言ったきり、黙り込んだ。その言葉を引き取ったのは松本だった。

「それはそうでしょうが、帝のご意志が公武一和にあることも確かです」

松本が言った「公武一和」とは、一般には「公武合体」と言われており、公家（朝廷）と武家（幕府）が、手を携えて攘夷に当たることを指す。しかし、幕府は西洋列強の強さを知り尽くしており、これと戦うことの不可を悟っている。従って、「公」が笛を吹いても「武」が踊らないという状態が続いている。

そうした幕府に対して、あの手この手で言うことを聴かせようというのが、「公武合体」の内実であった。この論者には、諸大名や穏健派の公家など、現状の幕藩体制を是とする立場の者が多かった。

これを「迂遠《うえん》」あるいは「因循」として、弱腰の幕府を倒し、薩摩や長州、有為の浪士などが連合して攘夷戦を行おうというのが、吉村たち急進派である。こちらの派は、現状に不満がある下級武士や、騒動を起こして一旗揚げようという輩なども含まれている。

急進派、あるいは過激派と呼ばれる彼らは、藩ぐるみで過激派になった長州を中心に倒幕の策謀を巡ら

せていたが、公武合体論者であられた帝の御意に適《かな》わず、朝廷を追われることとなった。いずれにしても、公武合体論者も討幕急進派も、「攘夷を行う」という点においては変わらない。極論すれば、攘夷を行う主体と手法が違うだけである。

吉村はこの点を衝いた。

「公武合体といい公武一和というものは、朝廷に兵がおらぬから公儀に頼ろうという話にすぎぬ。もし、帝が兵をお持ちであれば、公儀に頼ることなく、御親征なさるに違いない。その御親兵になることこそが、今回の義挙の目的である。大和行幸はその『きっかけ』にすぎぬ。行幸がなくとも、僕らが帝の御親兵になれば、帝も僕らの神輿にお移りくださるはずだ」

これには松本も、

「それはその通りである」

と一応は和したものの、

「しかし実際問題、この義挙は行幸ありきで進めてきました。その行幸の旗振り役だった朝廷の様子が変わったのです。下世話にいう『梯子を外された』というやつです。朝廷の後ろ盾を失ったとなれば、公儀は大手を振って攻め寄せてくるでしょう。何といっても、我らは公儀の代官所を襲撃して、代官を殺しているのですからな」

と言ってちょっと笑った。しかし、吉村はクスリともせず、

「公儀や諸藩と戦うのは最初から織り込み済みである。今更、それを止める理由がない」

と反論した。多少感情過多の精神論になっている。それでも松本は、

「確かに戦は織り込んではおりました。しかしそれは、鳳輦が大和に来るまでの短い間だけ持ち堪えればいいはずだった。その『期日』がなくなった今、永遠に勝ち続けなければならなくなった」

と苦く笑った。言外に「無理だ」との意が籠もっている。ところが吉村は、

「勝ち続ければいいではないですか」

と負けず嫌いな面を見せた。

「さあ、それは……」

「いいえ、松本総裁。何も僕らだけで公儀を討ち倒さずともいい。僕らが、大和の一角で公儀や諸藩を相手に奮戦していれば、今回冷や飯を食らわされた長州が立ち、我が土佐も立つ。京では平野さんや真木さんが立つ。各藩の同志も立つ。そうなると、いかに公儀といえども、僕らだけにかかずらっているわけにはいかなくなる」

絵空事である。

しかし、吉村としては、ここで「じゃあ、辞めます」とは言えなかった。もし、ここで天誅組を解散すれば、個々に捕縛され、大した抵抗もできずに潰されることが目に見えていたからだ。

どうせ明日ない命なら、一縷の望みに懸けてもいいではないか。

吉村は、怯えたような顔をして議論を聴いていた忠光卿に、

「議論は尽くしました。いざ、ご裁可を」

と判断を仰ぎ決断を迫った。しかし、今の忠光卿に、天誅組三百人の将来を決めることなどできるはずがなかった。何も言わない忠光卿に、吉村は、

「よろしいですな」

と迫力満点の表情で迫った。忠光卿は反射的にカクカクと首を縦に振った。目が見えない松本は、忠光卿の様子がわからない。それでも、異変を感じたのか、

「しゅ、主将。安易な決断は身を滅ぼしますぞ」

と戒めたが遅かった。松本の発言を遮って吉村が、

「主将のご裁可がおりた。僕らは戦い続ける」

と告げ、さっと平伏した。釣られるように藤本も平伏し、

「奎堂先生、そういうことだ」

と吉村の側に付いたことを宣言した。しかしながら、藤本は、

「奎堂先生。退くにしても、退き先や退き方、退いてからの身の振り方などを決めておかないと、単なるお尋ね者に落ちぶれて、残党狩りに遭うだけだ。いや、我らはいい。我らはいいが、若御前をそんな目に遭わせるわけにはいかぬではないか。ここは御政府を続けつつ、退き方を探るしかあるまい」

と言った。藤本の案は吉村の徹底抗戦案と松本の積極撤退案の折衷でしかない。松本は「ふうむ」と考え込み、吉村は「ふん」と鼻を鳴らした。

いずれにせよ、当面は御政府を続けることに決した。

「よし。では、後は戦い方だ」

吉村にすれば、御政府を続けるといっても、のんびり五條の町政をするつもりはない。明日にでも、幕府の命を受けた諸藩が攻め寄せてくるに違いないので、その準備をしなくてはいけないのだ。ところが、

「いや、その前に」

と言って吉村を制したのは、またしても松本だった。吉村は「まだ議論するのか」と不満げな顔をした。だが、その表情は目の見えない松本には届かない。

「吉村さん。非常に大事な問題が残っている。これを徒《あだ》や疎《おろそ》かにしてはいけない」

「だから何なんです」

「今の話を同志たちにどう言うか、という問題です」

「そ、それは……」

さすがの吉村も、答えに詰まった。下手な発表の仕方をすると、天誅組はその場で瓦解する。藤本も虚を衝かれたような顔をしている。松本は、

「今、那須さんは高取藩に、池さんは紀州に遣いに出てもらっている。この話が敵方に漏れれば、彼らは

殺されるかもしれない。また、百姓町民に漏れれば、明日にでも一揆になるかもしれない」

と言いだした。

「いや、松本総裁。敵に漏らしてはいかんでしょう。今は、味方内でどこまで……」

そう言いかけた吉村に、首を振りつつ松本が、

「いや、味方に告げるということは、世間に漏らすということです」

と静かに言い、さらに、

「かの太閤秀吉は、本能寺の変のことを敵の毛利だけでなく、味方の兵にも漏らさなかった。だからこそ、中国大返しが成功し、彼は天下人になれた。ここは、彼の故事に倣い、敵や世間だけでなく、味方にも漏らすべきではないと存ずるが、いかがか」

と門弟に物を教えるように言った。ここで藤本が口を開いた。

「いや、最終的に太閤秀吉も味方に本能寺のことを明かしている。それに、太閤は『これから天下を取ろう』と前向きな持ち掛け方ができた。その点、我らは、後ろ向きの話をせねばならぬ。そうなると、いかなる事態が生じるか予測もつかぬ」

「そ、そのような性根の志士はおりません」

吉村はそう言ったが、口調は弱々しい。

同郷の土佐浪士は吉村や那須に付いてきてくれるだろうが、それ以外の同志はどう出るかわかったもの

ではない。真木和泉に言われて参加した久留米人もいれば、古来、立ち回り上手と言われている河内や大和など畿内の者もいる。

それまでじっと話を聞いていた古東領左衛門が、

「その程度なんですか、五條御政府というのは。奎堂先生」

と呆れたような口調で松本を詰《なじ》った。松本は珍しく、

「い、いや」

とうろたえた。古東の怒りは、そんな生な返事では収まらない。

「吉村はんも鉄石先生も、そんな情けない同志を率いて公儀を相手に喧嘩をしようっていうんですか」

「い、いや……」

「同志の皆さん方にも、先生方と同じ熱い血が流れとるはずです。あんた方はそれを信じてへんのですか」

「こ、古東さん。これは我らが悪かった」

松本は柄にもなくそう謝り、古東の怒りを逸らそうとした。しかし、古東は年がいもなくカッカしている。

「ええですか。自分の仲間を信じてへん者《もん》が人の上に立ったらあきません。信じて裏切られたら、不徳の致すところやとすっぱり諦めなはれ。そうでないと、人なんか付いてきません」

「わ、わかった」

「おわかりくださいましたか。ほな、明日にでも皆に事情を説明しなはれ。その上で協力を求めたらよろしい。ただし、敵やら世間には内緒やて言うとかんと、それこそエライことになりまっせ」

「であれば、吉村総裁が仰せになられた勇ましい論を開陳するほかありますまい」

そう言って松本は薄く笑ったが、話を振られた吉村は困惑した。有象無象の一般隊士に向かって、「朝廷や帝の後ろ盾は失ったが、攘夷の魁となろう」と説いて、どこまで付いていてきてくれるかわからない。

「そうなると、明らかな行動目標を示さないと、瓦解しますすな」

内心の心配が吉村の口を衝いて出た。またしても古東に叱られるかと思ったが、

「その通りです。そこで、ひとつご提案があるのですが」

と言いだしたのは松本だった。

「案……ですか」

さっきまで解散を主張していた松本にどんな腹案があるというのか。

「十津川に転進しませんか」

「おお、十津川」

十津川とは、同じ大和国内にある郷村で、五條から十六里（約六十四キロ）南にある村である。路程の峻険さを考慮に入れれば、五條から京へ行くほど遠い。

十津川郷士については、五條政府が軌道に乗れば、味方に引き入れるつもりだった。五條の町医者である乾十郎を引き入れたのも、十津川郷士と強いつながりがあったからだ。吉村も藤本も十津川のことを思い出し、膝を打つ勢いで賛成した。しかし、外野の古東はピンときていない。そこで、松本が説明した。

「朝廷の後ろ盾を失った今、我らは公儀諸藩の大軍を引き受けなければなりません」

「そうや。せやから、早う解散せえと言いに来たんや」

「私もそう思うが、残念ながらその説は通らなかった。それはともかく、それら大軍を迎え討つには、この五條ではどうにも要害が悪いんです」

五條という町は、北には峩々《がが》たる葛城山系があり、南には吉野川が天然の堀となっているが、東西には不安がある。西は平地のまま紀伊橋本に続いており、そちらからは紀州藩五十五万石の兵が攻めてくる。一方の東は、吉野郡下市郷と隣接しており、こちらからは大和諸大名の軍勢が押し寄せてくる。じっとしていると挟み討ちに遭うのだ。

「我らは人足を入れて三百ほどしかいません。これが合計七十万石の軍勢に挟まれれば、ひとたまりもないでしょう」

昨日まで「三百に膨れあがった」と喜んでいたのに、今日は「三百しかいない」と嘆いている。

「本来なら、どこかに引き籠もるところですが、やみくもに引き籠もっても、徐々に悪くなるばかりです」

「そうでんな。助けに来てくれる味方もおれへんのに籠城する阿呆は、かの豊臣秀頼くらいのもんでんな」

「その味方こそ、十津川郷士なんです」

「せやけど、結局は救援も無いのに引き籠もるのは同じやないか」

この古東の言に、吉村が、

「十津川郷士は二千人と聞き及びます。三百が二千になるのです。二千の精鋭が揃えば、何も籠もっている必要などない。手近な藩を攻め落とし、全国に檄を飛ばせば、公儀を揺るがす騒動になる」

と威勢のよい言葉をぶち上げた。

「吉村総裁。その言です、我らが同志に告げるべき言葉は」

藤本がそう言って、吉村の肩を揺すった。が、松本はあくまで冷静に、

「ただし、十津川郷士を引き入れるについては、注意すべき点がござる」

と言って、肩で一息ついた。一同が「何だ、それは」と目を向けると、

「京での政変を漏らしてはいけない」

と呟いた。

「彼らは帝第一です。もし、我らに勅がないとなれば、どう出るかわからぬ」

この発言に対して、またしても古東が、

「奎堂先生。そのことは解決したはずでは……」

と横槍を入れてきたが、

「いえ、彼らだけはいけません。古東さん、これは戦の話です。古東さんの仰せのとおり、味方に手練手管を使うべきではないが、敵か味方か判然としない相手に、手の内の全部を見せる必要はない」

と突っぱねた。それでも、古東は、

「味方になった暁には明かすというんですか。それを聞いた十津川人《びと》がどう思うか。あえて言わせてもらうなら、奎堂先生のお言葉とは思えん卑怯な手や」

とそっぽを向いた。

「古東さん。もう『あるべき論』を闘わせている秋《とき》は過ぎました。すでに実戦段階に入った現実の戦の話をせねばなりません。『騙す』という言葉が悪ければ、『軍略』と言ってもいい。その軍略を施してでも十津川郷士を味方に引き入れない限り、我らに明日はない」

「しかし先生。十津川郷士の身になって……」

古東がそう言い募ろうとした時、珍しく松本が大きな声で、

「その時は、この松本奎堂が腹を切る」

と言い切った。若い頃から斬った張ったを繰り返した武士ならではの気合の入った言葉だった。が、古東には「百姓のお前にはわからんだろう」と詰られたように聞こえた。

「ふん、いかにも武士臭いお言葉やが、仮にも帝の御親兵やと言うのなら、なおさらそういう不誠実な

手ぇを使うべきやない。そんなことをしたら、帝の顔に泥を塗るようなもんや。恥を知れ」

議論は膠着した。と、そこへ、

「御免」

と言いつつ那須信吾が入ってきた。高取で植村家との交渉を終えて戻ってきたのだ。那須は場の空気をまったく読まず、

「高取の植村家から、味方するっちゅう旨の請書を取ってきたぜよ」

と言って、功を誇るようにドカリと座り、ニコリと笑った。しかし、誰も那須に、

「ご苦労。お手柄だな」

と褒めなかった。が、そんなことに気が回る那須ではない。

「これを見とおせ。甲冑、刀槍、銃をそれぞれ百人分出すっち言わしてきたぜよ」

そう言って高取藩からぶん取ってきた「請書」を板間の上に置き、得意そうにグルリと座敷を見渡した。

そこに、伝令が飛び込んできた。

「紀見峠に紀州兵が現れました」

これに反応したのは那須だった。

「いかん。紀州橋本には内蔵太が交渉に行っとるきに、放っとくと危ない」

そう言うと、置いたばかりの両刀を握って立ち上がった。そして、

「吉村さん。儂、ちぃと兵を連れて見てきますきに」

と言った。顔はすでに戦闘態勢に入っている。そこで吉村は「おう行け」と言いつつ、

「古東さん。今聞いたとおり、高取藩には情報《なに》も入っていない。紀州藩も兵を出してきたが、きっと物見だ。動くなら、今をおいて他にない。もう、誰に何を言うとか言わぬとか、帝の軍隊はああだこうだという段階は過ぎた。戦って勝つ以外に、僕らの生き残る道はないんです」

と突き放すように言って立ち上がり、那須の背中に、

「全員騎馬で行きたまえ。鉄砲と弓も持って行け」

と怒鳴った。それに那須も「おう」と応じている。吉村と那須の気迫が桜井寺全体に伝わり、志士たちは一気に加熱した。「お伴します」と志願する者も現れた。

しかし古東は、

「阿呆らしいて、これ以上はご一緒できまへん」

と怒りを露わにし、

「京へ帰らせてもらいます」

と決然と言い放った。そして、その言葉のとおり、その場から立ち去った。

古東領左衛門は、無事に京に帰り着くも、天誅組に与《くみ》した廉《かど》で幕府に捕縛され、六角獄で斬首刑になっ

ている。

五條放棄

翌八月二十日は夜明けから雨模様だった。

前夜、紀和国境を越えてきた紀州藩兵を鉄砲だけで撃退した那須信吾が桜井寺の縁側に座っている。境内では、荷駄奉行である水郡善之祐が人足どもを指揮して忙《せわ》しげに働いている。京での政変を受け、五條を捨てて十津川に退こうとしているのだ。

そこに池内蔵太がやって来て、

「夕べはどうも」

と挨拶して、那須の横に座った。

池は、橋本の紀州藩の屯所から呼び戻される時、武装した紀州藩兵と行き遭っている。直感的に「五條に向かうんだな」と思ったものの、丸腰の身では何もできなかった。敵勢の後ろを付いて歩いていると、突如銃声が起こった。

那須が紀州藩兵に向かって放った一斉射撃の音だった。この銃声で、紀州藩兵は恐慌に陥り、後ろも見ずに逃げだした。物の本には紀見峠まで逃げたとあるが、それは言い過ぎである。紀見峠まで行くとなると、橋本の屯所を通りすぎることになる。

池は、決死の面持ちで駆けていく紀州藩兵を見送った後、国境に留まっていた那須と合流した。池としては、那須が来てくれなければ、五條へ戻れなかったかもしれないのだ。

「あの紀州兵が物見隊だって、わかってたんですか」

池はそう訊くと、那須はニッと笑っただけだった。それを見た池は、

「ああ、見破ったのは吉村さんですね」

と見破った。那須はただニヤついているだけだった。

そこに、二台の荷車が寺に入ってきた。

荷車を差配していた侍が、笠を取り寺内をざっと見回した。そこで、知った顔を見つけたようで、

「ああ、那須様」

と駆け寄ってきた。侍は、高取藩の多羅尾だった。多羅尾は、

「とりあえずで恐縮ですけど、槍が三十筋と鉄砲を二十挺、それに弾丸少々をお持ちしました。お検《あらた》めください」

と言って、荷台に掛けられた蓆《むしろ》を取り払った。確かに、荷車の一台目には鉄砲、二台目には槍が束となって積まれていた。那須は、

「早速のご対応、いたみ入る」

と頭を下げた。多羅尾は、

「残りの分は、今、蔵を開いて取り出しておりまして、両三日のうちにはお持ちします」

と言いつつ、

「ご立派な屯所ですな」

と「御政府」と墨書された看板を指さした。

「ところで、何ぞありましたんですか。皆さん、お忙しそうで」

そう言うと多羅尾はぐるりと境内を見回した。確かに、水郡たちが荷造りをしている。

「京での政変により勅を失ったため、五條を捨てて十津川に退こうとしておるのだ」

などとは口が裂けても言えない。嘘が下手な那須は「うぐ」と詰まったが、横にいた池が、

「ああ、貴藩のようにご助力くださる方々が引きも切らず。手狭になったんで、荷物を移そうとしてるんですよ。せっかくのご入来ですが、おもてなしもできず、すいませんねえ」

と如才なく受けた。多羅尾は小首を傾《かし》げつつも、

「そうでしたか。いや、さすがは天朝さんや」

と言い、「お忙しいところ、お邪魔しました」と引き上げて行った。

その直後、桜井寺の本堂から忠光卿が出てきた。両脇には藤本鉄石と吉村虎太郎が従っている。盲目の

松本は庭先で介添人によって輿に乗せられている。吉村は縁側に座る池を見つけると、

「後は頼む」

と言って苦く笑った。藤本はむっそりとして何も言わない。隣の忠光卿も苦虫を百匹も呑み込んだような顔をしていた。やはり無言である。池は頭を一つ下げて、こちらも無言で見送った。

昨夜、那須に助けられて帰陣した池は、

「夜明けとともに、十津川へ転進する」

と告げられ、猛烈に反対した。

「五條を捨てるっていうことは、せっかく拾った七万石を捨てるってことですよ。それに、転進するにしても南はだめだ。二度と再び五條には戻れませんよ」

真っ赤になってそう主張する池に、藤本は、

「なんで、そうなる」

不思議な生き物でも見る目で池を見た。池は、

「十津川に行くには吉野川を渡りますよね。今度、僕らが五條を取り返しに上ってくる時には、公儀や諸藩がその河原に銃口を揃えて待ってるでしょうね。それくらいのこと、吉村さんならわかると思ったんだけどなあ」

藤本を無視して、吉村に詰め寄った。しかし、吉村は瞑目して何も言わなかった。これだけ言ってもまだ

めだとわかったのか、池は、

「もういいですよ。どうせ物見役も要るでしょうから、僕が残りますよ」

と勝手に宣言して、軍議の席を抜けた。藤本は、

「隊を割るようなことは許可できぬ」

と息巻いたが、松本は、

「彼一人抜けたところで大勢に影響はないでしょう」

と突き放した。吉村も、

「五條に楔を残しておくのは、戦略上重要なことです」

と池の肩を持った。三総裁で意見の統一は図られなかったが、何となく黙認という形に落ち着いた。

そんな池に挨拶もせず、忠光卿を囲んだ一団が出ていった。那須も「儂も行くぜよ」と言い、池の横を発った。一行の殿軍《でんぐん》にいた藤本が、

「小荷駄は安積さんが宰領して、おいおい来るように」

と、言い置いて出ていった。指名された「安積さん」とは、平野国臣と一緒に来た安積五郎という中年志士である。藤本としては、荷駄を運ぶという面倒臭い仕事を、旧友で頼みやすい安積に言っただけであるが、言われた安積は、

「一体、総裁方は何を考《かんげ》えておられるのやら」

とぼやきつつ、池の隣に腰を下ろした。

「荷駄奉行は水郡さんだ。それを無視して、俺《おい》らに荷駄の差配をしろってえんだ。そんな仕打ちをされてヘラヘラしてる馬鹿ぁいねえさ」

安積の視線の先には、「あれはそっちで、これはあっちゃ」と水郡善之祐が忙しく動き回っている。その水郡の顔は明らかに怒っている。

それより池には、夕べからずっと腑に落ちていないことがあった。

「どうして、あんなにいそいそと十津川へ行くんでしょうかねえ。わけがわからない」

議論を中途半端にしか聞いていない池には、詳細な事情がわからない。それは安積も同じはずなのだが、どうしたわけか、

「そりゃあね、池ちゃん」

と、ちゃんと事情を知っていた。年の功ということであろう。

「まずは、十津川郷士を勧誘にいくのさ」

「ふうん」

「それとね、十津川に鶴屋だか亀屋だかいう豪商がいなさって、そのお方がお味方すると言ってきたらしいぜ」

合力を申し出てきたのは、十津川郷の手前にある天ノ川辻《てんのかわつじ》という在の商人鶴屋治兵衛だった。鶴屋は大

和国内に限らず、畿内一円に響いた豪商である。

「川が逆さに流れても、鶴屋の身代《しんしょう》は滅びひん」

そういう俚諺《りげん》があるくらいの分限者である。その鶴屋が、物資だけでなく陣屋から人足、食糧まで提供したいと言ってきたのだ。

「じゃあ、兵と金を補充しにいくってわけですね」

「あからさまに言やぁそうだが、考えてもごらんよ。今の今まで、御政府の経費《かかり》はみぃんな水郡さんが出してた。それを今になって鶴屋に乗り替えようってんだ。その上、荷駄の差配を俺らにしろって言《え》んだ。水郡さんにしてみりゃ、面白いはずがねえ」

そう言って安積は「かわいそうに」と言って、大汗掻いて作業をしている水郡を見た。ちょっとしんみりした空気を換えようと思ったのか、安積が、

「池ちゃん。ここに残るんだって。酔狂だねえ」

と問いかけてきた。

「なあに、大丈夫ですよ」

池は余裕のあるふうを装ったが、内面には心許ない思いを抱えていた。池が五條に残ると言いだしたのは、せっかく取った五條を捨てる「勿体《もったい》なさ」もあったが、こっちがだめならあっちという、節操のなさにカチンときたからでもあった。ではあるが、いわば敵中に一人で居ることになる。

「紀州の物見が隣村まで来たんだって。そうすると、本隊が来るのは、あとワン・ウイーク後くれえか」

そう安積が言うと、池が、

「ほう、エゲレス語ですか」

と別なところに反応した。

「おっと、いけねえ。攘夷の総本山で西洋語はご法度だな」

そう言って安積は薄く笑ったが、すぐに真顔になって、

「俺《おい》らはね、夷狄に日本《くに》を盗られちゃなんねえと思っちゃいるが、夷狄を追っ払うのに、日本古来の刀槍弓矢でなきゃなんねえとは思ってねえのさ」

と言うと安積はニタリと笑い、水郡が「銃はあっち」と指さしている荷車を見て、

「ほれ、あれを見てごらんよ。こっちは相変わらずの火縄銃だ。ありゃお前さん、太閤秀吉時代の骨董品だぜ。ところが、エゲレスやらメリケンは後装式の鉄砲をガンガン撃ってくる。こっちが一発撃つ間に、向こうは十発くれえ撃つんだ。勝てるわきゃねえ。それを、長州とか土佐の連中は……、おっと御免よ、『心頭滅却すれば鉄砲の弾も避《よ》ける』式の精神論さ。念仏唱えて勝てりゃあ世話ぁねえよ。だがな、連中と同じ銃を日本人が持てば、エゲレスだろうとメリケンだろうと負けやしねえよ」

と長広舌を揮《ふる》った。

「安積さん。まさか、今の論をあの平野さんに開陳したりしてないでしょうね」

池はまたまた違うところに反応した。池が言う平野国臣は、筋金入りの「国粋主義者」である。安積の言で言えば、「心頭を滅却していれば西洋の弾は当たらない」と本気で思っている手合いなのだ。洋式銃を仕入れようなどと言えば、国賊扱いされて口も利いてもらえなくなる。下手をすると斬られる。

「あはは、かの御仁には内緒さ。ありゃ、ゴリゴリの国学者様だからね」

そう言って笑う安積に、池は、

「それはそうと、安積さん。ここに残られるお心算《つもり》ですか」

と訊いた。安積は「ああ」と頷いて、

「せっかく取ったご公儀のご料地だ。むざむざ手放すのは惜しいじゃねえか」

と池が夕べ主張したことと同じ趣旨のことを言い、

「まあ、見ててごらん。若御前は天ノ川辻あたりの山奥に引っ籠もって身の安全が保障されりゃあ、『いつ五條を奪還するのか』と言いだすに決まってるさ。そこに十津川郷士が二千人ほども来りゃ、『早う五條に戻って公儀に一泡吹かせん』とか言いだすんだ」

と苦い物でも吐き出すように言った。そこで池は、夕べの軍議で開陳した、五條を敵に渡すと、吉野川の河川敷に鉄砲を並べられて、天誅組は川を渡れず全滅する、という趣旨の話をした。

「なるほど、吉野の川原に鉄砲が並ぶ、か。こりゃ池ちゃん、アンタ、大した軍師様だ」

そんな話をしていると、小荷駄の支度ができたのか、水郡がやって来て、

「安積はん。支度ができましたんで、行きまひょか」

と言ってきた。しかし、安積は、

「俺ぁ、行かねえよ」

と半笑いで応じた。生真面目な水郡は、その態度にムッとしたような顔をしたが、

「そうでっか。ほな、我々は行きます。お世話さんでした」

と形ばかりの頭を下げて、「ほな、行こか」と手下に声を掛けた。「へい」と百姓臭い返事をした百人くらいの一団が、桜井寺の山門をのろのろと出ていった。

後には、安積と池の他は二十人も残っていない。見ると、大和の出身者ばかりで、土佐脱藩や河内、久留米といった天誅組の中核を成す者たちではなかった。

その中に、林豹吉郎がいた。林は大和国宇陀郡の出身で、この年四十七歳というから立派な「爺さん」である。岡八幡宮で乾十郎とともに合流した口である。

林は鋳物師の子で、幼い頃から絵がうまかった。十八歳の時、たまたま大和に来た中島青淵という長崎の画家に師事した。その中島青淵から、「清国が英国に負けて漢族が奴隷になった」とか、「清国が日本より広い土地を取られた」といった話を聞き、大いに危機感を募らせた。

そこで林は、「呑気に絵を描いている場合やない」と悟り、大砲造りを志した。というのも鋳物師の子だった林は、若い頃から見よう見まねで大砲を試作したことがあったからだ。

そう思い立った林は、長崎にいた高名な砲術家の高島秋帆《しゅうはん》に弟子入りした。さらに、砲術家としては日本一といわれた伊豆の江川太郎左衛門の家僕となって、その技術を極めた。その間、大坂に上って緒方洪庵が主宰する適塾にも入って蘭学（西洋語学）を学んでいる。ちなみに適塾は医学塾である。度外れた勉強家といえる。

その林が、

「ちょっと頼まれてくれるか」

と言ってきた。池と安積は顔を見合わせた。聞くと、これから大砲を造るというのだ。

「林さんとやら。その大砲ってぇのは、こんな何もねえところでも拵《こしら》えることができるのかい」

「いや、本式のやつはできまへん。けど、似たもんなら、木で造れる」

なんと、林は木製大砲を造ろうというのだ。池も、

「ちょっと待ってくださいよ。木だろうが石だろうが、いくら大砲造ったって、弾がなけりゃどうにもならんでしょう」

と訝《いぶか》しんだ。しかし、林は、

「弾は、アレを鋳つぶしまんねん」

と言って、寺の鐘を指さした。

「口径の小《ちっ》さい大砲やったら、二、三十弾《ぱつ》くらいは取れるやろ」

「取れるやろって……。で、僕らに何をしろっていうんですか。木でも切ってくりゃいいんですか」

「その通り。ここに居る連中を儂に貸してくださいな」

「ははは、大公儀を木の大砲で追っ払おうってえのかい。そいつは愉快だ。なあ、池ちゃん、こんな機会は滅多にないよ。やってみようじゃねえか」

「はあ」

「木だろうが石だろうが、こっちに大砲があるって知りゃあ、公儀も諸藩もうかうか攻めては来ねえぜ」

「どうせ暇だし、やりますか」

天ノ川辻

忠光卿の一行は天ノ川辻にある鶴屋治兵衛の邸宅に入った。

そのままそこが本陣となった。その本陣を守るように、五條へ通じる道路などに防塁を築き始めた。それが思わぬ宣伝になったのか、あるいは鶴屋が喧伝《けんでん》したのか、近郷の村々から天誅組を支援する物資や人足が集まりだした。いや、一気に荷車が押し寄せてきたと言った方が近い。

これには藤本も松本も喜び、

「若御前、いや主将。村々の庄屋どもに、直接お声を賜りますよう」

と薦めた。忠光卿も、五條を落ちる時には意気消沈していたが、天ノ川辻での盛り上がりに気を良くし、満足していた。

「よし、謁を許す」

それを受けて、近在の庄屋連中が鶴屋の庭に勢揃いした。全員が羽織袴で土下座である。忠光卿は彼らを見下ろしながら、縁側を通過した。忠光卿は従五位の殿上人である。その殿上人が無位の地下人《じげにん》に謁を与える方法として、古来このような方法が取られてきた。

本来ならそれで終わりであるが、さすがにそれでは申し訳ないということになり、藤本が「五條御政府主将よりのお言葉」を申し述べた。といっても、「大儀である」に毛の生えた程度の短いものだった。それでも、庄屋連中は大いに喜び、

「この上ない栄誉を賜り、天朝様がある限り、ご支援申し上げます」

と口々に申し出た。

その「土下座組」とは別に、橋本若狭《わかさ》という壮漢が訪ねてきていた。

彼は、五條滝村の豪農の四男として生まれたが、数年前に丹生《にう》大明神（現在の丹生川上神社下社《にうかわかみじんじゃしもしゃ》）の祠官・橋本氏の婿養子となり、以来、橋本若狭と名乗っている。

若い時分に大坂に出て、剣術・槍術のほか、柔術などの武芸を修めた。特に柔術は「二葉天明流」とい

う流派を立ち上げるほどの腕前だった。

橋本は大和の志士としても名が通っており、乾十郎とも面識があった。また、同じ武芸者として藤本とも知己だった。その藤本が、前侍従中山忠光を押し立てて五條に御政府を立てたと聞き、郷里の滝村や知る辺の多い下市村で小隊程度の人数を集めて駆け付けてきたのだった。

橋本の合流を喜んだ藤本は、すぐに忠光卿に引き合わせた。忠光卿も「今弁慶」と称される武芸者で、かつ地元名士の参加を喜び、

「これ以降はよろしく頼む」

と声を掛けた。それに合わせて、同席していた松本と吉村も頭を下げた。頼りにされていると感じた橋本は、「ひとつご献策を」と前置きして、

「今、御政府は五條からの街道に種々の塞をお築き中であるが、敵は五條からのみ来ると決めつけるのは早計でござる」

と大声を出した。そう言われても、忠光卿たち天誅組の幹部は、十津川周辺の地理は不案内で、ピンとこない。そこで、藤本が代表して、

「橋本先生。我らにはわからぬ抜け道があると……」

と訊いた。これに橋本は「いやいや」と首を振り、

「この天ノ川辻という所は、『辻』というだけに、道が四方に出ており申す。すなわち、北は五條、南は

十津川、西は高野山、東は我が丹生に通じております」

といちいち指をさして説明しだした。

「このうち、南の十津川には敵はおり申さず。西の高野山系は山険しく谷深きが故に軍を進めるに能《あた》わず。しからば、敵が来襲するならば、それは北と東からとなり申す。このうち、北の五條向きは皆様方が今まさに『封』をされつつある。残るは東。東には我が丹生村があり、丹生村は下市と通じております」

下市とは、吉野郡の下市村のことで、五條のすぐ東隣にある吉野郡有数の大邑《たいゆう》である。街道が四通八達しており、そのうちの一本が丹生を経由して天ノ川辻に通じている。

「下市は交通の要衝です。きっと大和の諸藩は下市に参集します」

「その下市からの道を封鎖せよと仰せか」

今度は藤本がそういうと、橋本は「いかにも」と頷いた。戦術がわかる藤本は、

「橋本先生。お見事な軍略だと思います」

といったんは褒めた。

「しかし、恥ずかしながら、我らには人手がない。間もなく十津川郷士二千人が合流する予定ですが、それは戦士として遇したい」

そう続けると、橋本は藤本の言葉を遮り、

「我が一手でやりましょう」

と胸を張った。そんな橋本に藤本は、

「さすがは橋本先生。何よりの馳走をご持参くださった」

と褒めた。忠光卿も、

「橋本、頼む」

と頭を下げた。この幹部の態度に感激した橋本が、

「お任せあれ」

と意気揚々と出ていった。天誅組の幹部一同が、

「良い人材が来てくれたものだ」

と喜んでいると、乾十郎がやって来た。例の鉄扇をバシバシやりながら、

「支度が整いましたぞ」

と暑苦しい顔を吉村に向けた。吉村は「はい」と応じつつ、上座の忠光卿に、

「これから、乾先生に先導していただき、十津川に行ってきます」

と挨拶して立ち上がった。結局、十津川郷士を「丸め込んで」味方に引き入れる使者には、主戦論者の吉村が立てられたのだ。

その吉村が出ていった後、松本が、

「十津川がお味方くださるのはありがたいが、やはり戦を継続するのは無理がある」

と言いだした。さらに、

「今の橋本先生の御説のとおりだとすると、公儀と諸藩は道という道を伝ってこの天ノ川辻に攻め上って参りましょう。三百が二千になっても勝ち目はない」

と呟いた。

「いやいや、奎堂先生。十津川郷士二千人が加われば、今一度五條を奪還して、我らの志を天下に示すことも夢ではない。完全勝利など望むべくもありませんが、負けぬ戦はできましょう。さすれば、天下鳴動して同志が群がり興る」

「本気でそんなことをお考えなんですか、鉄石先生」

面と向かってそう言われると、藤本としても無言にならざるを得ない。ではあるが、緒戦で鮮やかに勝たない限り、明日はない。これについては松本も、

「お説ごもっともではありますが」

と、いったんは肯定しつつも、

「さりながら、その緒戦を勝ってから、全国の有志が蜂起するまで、いかほど時がかかりましょう。公儀や諸藩の手が回らなくなるほどの動乱は、ひと月やふた月で成るものではありません。であれば、緒戦だけでなく、全部の戦に勝っていかねばなりません」

と地に足のついた議論を展開した。藤本は、吉村のように「そんなもの、勝ち続ければいいではないか」という開き直りができない。

そもそも藤本も、吉村が言うように「全部勝てばいい」とは思っていない。条件が整った時点で隊を解散するべきだと思っている。十津川郷士の助力を得て、公儀と力戦している間に、逃亡の段取りをつければいい。

そんな藤本の内心を見透かしたのか、松本は、

「鉄石先生も、最後にはどこかに落ち延びる気でおられるのでしょう」

と言い、

「この戦はいずれ負けます。その時、我らだけなら、血まみれ泥まみれになって死んでもいい。しかし、若御前はそうは参らぬ。若御前には綺麗にお引きいただかねばならぬ」

と言い重ねた。藤本は「ふうむ」と言って、腕を組んだ。綺麗に引くとはどういうことだろう。

「さすがは国事寄人であられたお方。兵や民を毀損《きそん》することなく身を引かれた、と思われなくてはなりません」

自分が生き残りたいがために無用の戦を起こし、田畑を荒らし、民を苦しめ、敵味方の兵を無駄に死なせることなく退散すれば、世の称賛を得ることができよう。

「かの七卿のようにあるべきだ」

八月十八日の政変で都を落ちた公家衆のことである。彼らのように、地位や身分に固執することなく、鮮やかに転進すれば、世の尊崇を得られぬまでも、同情は集めることができる。そうすれば、政界復帰の芽が残る、と松本は言いたいのだ。

「七卿落ちといえば……長州か」

藤本にも松本の話の行き先が見えてきた。

「さよう。落ちる先は長州しかござらん」

かの七卿と合流すれば、少なくとも長州藩が庇ってくれる。ではあるが、その長州は海陸の彼方にあり、たやすく行ける国ではない。そんな思いが顔に出た藤本に、

「無理と思った時点で道は塞がりますぞ」

と松本が声を励ました。

「十津川が味方になってくれるのなら、十津川領を通って紀伊半島のいずれの海岸にも出ることができ申す。海まで出れば船に乗り、そのまま長州に下るべし」

藤本には思いもつかぬ発想である。

「十津川は広うございます。それこそ、西に行けば高野山や龍神方面から紀伊田辺方面に出られます。また、南東に行けば大和下北山から川沿いに新宮に出る方法もある」

松本はそう言って薄く笑った。

「しかし私は目が見えない。自ら手を砕いて長州への道を拓くことができぬのです」

「そ、それは……」

藤本は静かに絶句した。そういう段取りを遺漏なく取れるのは、かの吉村しかいないだろう。しかし、その吉村は徹底抗戦を主張している。それでも、何か成算でもあるのか、松本は意外にサバサバした表情で、

「まあ、私が思うところはそういうことです。ともあれ、若御前の行く末こそ案ずべし」

と言い、莞爾《かんじ》と笑った。それを聞いた忠光卿は、

「麿は、麿は……」

と何か言いかけたが、結局、そのまま黙ってしまった。


吉村虎太郎は、前を征く乾十郎が立てる鉄扇の音を聞きながら、十津川への険路を歩いていた。この乾十郎という男も面白い男である。

五條の医師であることは既述した。乾は自家で目薬の製造販売をしており、その意味では資本家で資産家でもあったが、他に政治家的な一面も有している。

実は、この年の春、「大和国内で二十万石の増産が可能である」という建白書を中川宮に出しているのである。吉野川を分水して大和盆地に流し、荒野を美田に替えれば、二十万石の収穫が見込める。それを

朝廷に献上すれば、逼迫《ひっぱく》する朝廷財政を大いに潤すだろうという案である。

この計画が実現可能であったかどうかは不明であるが、この時代に資産を倍増させようと思いつく者は稀《まれ》である。それこそ、吉村の先輩格である坂本龍馬くらいなものであろうか。いずれにしても、武士の頭からは湧いてこない案ではある。彼が明治まで生きていれば、日本史に残る事歴を残したかもしれない。

その乾は、若い頃から尊皇思想に触れたせいか、十津川郷士と積極的に交流を持ち、山中で太古のままの生活をしている郷士連中に、近世的な教育を施すなど、何かと世話を焼いてきた。今回、天誅組に加盟するに際して、当初から、

「十津川郷士を勧誘すべし」

と説いていた。今般、たまたま状況が閉塞したが、

「義を見てせざるような郷士ではない」

と主張し、自ら十津川郷士への勧誘役を買って出た。しかしながら、当の乾にしても、

「ホンマに大丈夫やろか」

と一抹の不安はある。

何せ、こちらには「あった」はずの勅が蒸発してしまっている。もし対応を誤ると、十津川郷士二千人の出方が不透明になる。まさか、いきなり敵対はしないだろうが、得るべきはずの支援が露と消える恐れは十分にあるのだ。

さすがに豪気に見える乾も、

「吉村総裁。十津川の物わかりのええのと、下打ち合わせでもするかね」

と、ちょっと弱気になっていた。吉村もそう思わなくもなかったが、

「どうせ、同じことだ」

と首を振った。

二人は、十津川郷の入り口ともいわれる川津村まで来た。その村入り口の道路上に痩せた男が立っていた。

十津川郷士の代表である野崎主計《かずえ》だった。

野崎主計はこの年四十歳であるが、老けた印象を与える人物であった。川津村の庄屋で少壮期に病気に罹《かか》り、青年期の十三年間、立つことができなかったからかもしれない。彼は闘病中に読書を重ね、ついに、

「川津のしりくさり」

と言う二ツ名が付くほど該博な知識をその脳髄に沁み込ませた。彼は、

「面壁修行の年数だけで言うたら、達磨大師はたった九年やが、儂は十三年や」

と豪語し、

「せやから、儂は達磨よりエライんや」

と高言していた。

その野崎が、乾に連れられた吉村を認めると、

「卒爾ながら、五條御政府総裁、吉村先生でっしゃろか」

とあたりに響く大声を発した。吉村は「大仰な」と思いつつも、

「これは野崎先生とお見受けいたす」

と思い切り武士臭く応じた。野崎が「いかにも」と頷くのを見て、自ら着ていた陣羽織を脱いで路上に広げた。

「何もござらぬ路上でござるが、まずはこれへ」

そう言うと、野崎をその上へ座らせた。自身はその遥か手前の路上に両手をついて、

「御政府総裁の吉村でございます。十津川郷士の皆様方のご助力を賜りたく、罷り越しました」

と挨拶した。吉村は、勅がなくなったことを言わず、ただただ「ご助力を」と頭を下げるしかなかった。

しかし、この態度が野崎の琴線に触れた。野崎は、「土州の暴れ者《もん》が何ぼのもんじゃ」という気組みでいたが、それを見事に挫《くじ》いたのだ。野崎は、吉村が少しでも上から物を言ったなら、この場を蹴って帰るつもりでいた。

何といっても十津川は天地開闢以来の勤王村で、俄か尊皇と一緒にされては叶《かな》わんという矜持《きょうじ》を、野崎

は持っている。それに、京には勤王を「生業《なりわい》」にしている不逞浪士もいると聞く。そんな連中に、十津川郷士が利用されるなどあってはならないのだ。

それに、今の天誅組では、五條代官所は焼き討ちできても、これから起こる諸藩との攻防は苦戦するだろうと思っていた。しかし、十津川郷士二千人が加われば話は変わってくる。そういう意味で十津川は、天誅組の死命を握っているといってもいい。

この時の野崎は、「騙されまい」という警戒心と、「高く売りたい」という功名心とが綯《な》い交ぜになって、吉村を試すような心境で臨んでいたのだ。

ところが、そんな心配は吹き飛んだ。吉村の真摯な姿に感激した野崎は、

「かたじけなくも、勅諚を頂戴した一挙に我が十津川郷士を加えていただけるとは、望外の喜び。郷中挙げてお味方申し上げる。今より、十津川郷五十九カ村に触れを出し、一両日中には天ノ川辻におられる若御前の前に壮士二千人を並べて御覧に入れよう」

と胸を叩いた。これにより、十津川郷士二千人の応援は確保できたのだが、肝心の部分を伏せたままだったので、吉村の胸は痛みに痛んでいた。しかし、乾は、

「こうなったら勝ったも同然。大公儀に一泡吹かせたら、世の中ひっくり返りまっせ」

と例の鉄扇を自分の左手にバシバシ打ち付けながら、そううそぶいた。

吉村名義で野崎主計が書いた十津川各村への通達には、

「十五歳から五十歳までの壮年男子は、二十四日までに残らず本陣へ出頭すること。もし、理由なく遅滞した者は、御由緒召し放され、御軍法により重い罪科を負う」

と書かれている。拒否だけでなく、遅刻しただけでも、郷士身分を取り上げ、軍法会議に掛けて厳罰に処すと書かれている。

十津川は、神武天皇東征の際、道案内に立った八咫烏《やたがらす》を先祖とする人々の里である。そのため、古来、勤王の志高く、壬申の乱や平治の乱など、朝廷が危難に瀕するたびに出兵して、帝を守っている。特に有名なのが南北朝の動乱の時代、一貫して南朝側に付き、全郷あげて支援している。

大坂の陣の折には徳川方に味方し、近隣の豊臣方を鎮圧したりしている。そのため、苗字帯刀できる「郷士」身分を許されている。

十津川郷は、全域が山林であるため、米が採れない。為政者としても税の取りようがないため、室町期にも守護や地頭が置かれなかったし、太閤秀吉も検地を免除した。徳川の世に移っても、年貢は免除されたままである。

その恩を感じてか、徳川家にも忠節を誓っており、今般の攘夷運動下にあっても、幕府を立てる「公武合体論」を支持していた。従って、天誅組が目論《もくろ》む「討幕」などは考えていない。

仲介役の乾十郎も天誅組の面々に、

「十津川郷士に『討幕』の二文字はご法度でっせ」

と事あるごとに釘《くぎ》を刺していた。しかし、天誅組はすでに、五條代官所を焼き討ちし、代官を誅殺している。この件につき、野崎は、

「我らも、ご公儀のなされよう（攘夷不決行）については、肚《はら》に据えかねるところがありましてん。あれくらいキツイお灸を据えんと、治らんでしょうな」

と一定の理解を示してくれた。その上で、野崎は、

「今回の大和行幸に当たっては、儂ら十津川郷士も京までお迎えに上がって、帝の鳳輦をお守りせなあかんって言うてたとこですねん」

と大和行幸についても賛意を示した。吉村としては、「有難いことです」と頭を下げるほかなかった。

いずれにしても、十津川郷士は味方についた。

十津川郷士

八月二十四日。

野崎主計が吉村に参集を約した期日であるが、十津川郷士は来なかった。野崎からは、

「前日まで降った雨により足止めを食ったので遅れる」

という連絡がきていた。吉村としては、「ごゆるりと参られよ」と言うほかない。

その代わり、といってはなんだが、砲術家の林豹吉郎が現れた。たまたま、藤本が本陣の表に出たところで、林と行き会った。

「あ、林先生」

ここで会うまで藤本は、林のことなど忘れていた。

「ようよう五條から登ってきました」

林はそう言って額の汗を拭ったが、藤本は「林は五條に残っていたのか」と改めて驚いた。しかし、どういうつもりで残っていたのか、想像もつかない。それより林は、弟子数人に大きな荷車数台を引かせていた。藤本が、

「それは何です」

と訊くと、林は、

「えへへ、面白《おもろ》い物《もん》を拵《こしら》えましてん」

と笑顔を見せた。林が弟子に合図を送ると、荷車の幌がさっと取り払われた。そこから現れたのは、

「これは……、大砲に見えますが……」

と藤本が首を捻《ひね》った。そこに、軍事訓練を終えた隊士が戻ってきた。隊士たちは、「大砲」と聞いてわらわらと集まってきた。彼らは、

「確かに、形は大砲やけど、これ木ぃでっか」

と騒ぎだした。林は「せや」と頷き、

「これでも、立派な大砲やねんぞ」

と胸を反らした。隊士たちは「ホンマか」「嘘臭い」「頼もしい」「玩具やろ」と騒ぎだした。それを聞きつけ、忠光卿と吉村が「何事か」と出てきた。那須などは敵襲とでも思ったのか槍を担いでいる。

その那須が槍の石突《いしづき》で木製大砲の砲身をコンコンと叩きながら、

「林先生、それはホンマに弾が飛ぶんですろうか」

と、誰しもが思っていたことを口にした。林は、別に怒るふうもなく、

「ほな、試しに一発撃ってみまひょか」

と言いだした。鶴屋の手代に「どっか、大砲撃てるとこ、ありまっか」と尋ねると、手代は無造作に、

「ほな、あっこで」

と庭の端を指さした。鶴屋は山のてっぺんに屋敷がある。東西南北三百六十度どの方向も崖になっており、その崖から見える範囲は全部鶴屋の土地である。大砲をぶっ放しても、苦情がくる気遣いなどない。

「ほな、一発、いきまっせ」

そう言うや、林は火縄に点火した。一瞬遅れて轟音が、

「ドーン」

と鳴り、真っ黒い弾丸が飛び出した。弾は谷を越え、隣の山に落下した。この時代の大砲の弾は破裂しない。よって、「どすん」と落ちてしまいである。それでも、木の幹や枝を撃ち払い、土埃が舞い上がった。

「おお」

という驚嘆の声が上がった。それを見た那須が、

「林先生。これはええ。これをもっと造れんですろうか」

と訊いた。林は「なんぼでも」と言い、ニッと笑った。その上で、

「五條にいるより、こっちの方が木もぎょうさんあるし、手も多い。そのつもりで来ました」

と言ってガハハと笑った。

「よっしゃ、善は急げや」

そう言って、那須がその辺にいた隊士を引き連れ、手近な山に踏み込んでいった。林も行こうとして、

「ああそうや」と何かを思い出し、吉村の傍まで戻ってきた。

「これ、池君から預かってきた」

林は一通の書状を取り出し、吉村に渡した。書状はぴっちりと封がされており、余人が見た形跡はなかった。吉村は「どうも」とだけ言って懐に入れた。

吉村は本陣内の自室に戻ると、すぐに池からの書状を開いた。そこには、短く、

「高取藩が支援を断ってきました。諸藩に討伐令が出たようです」

とだけ書かれていた。いつかこうなると覚悟していた事態だったが、実際に起こってみると、剛毅な吉村でさえもちょっと堪えた。

この件は三総裁以外には知らせるわけにはいかない情報《はなし》である。吉村は早速、忠光卿の部屋に行き、藤本と松本を呼び集めた。

「やはり、来るべき時が来たか」

そう言って腕を組んだのは藤本だった。吉村は、

「討伐令が出たとしても、諸藩が実際に動くまでにはまだ間があるはず。敵の支度が整う前に、痛撃を加えたい」

と意気込んだ。これに藤本も「そうだな」と同意し、

「奎堂先生、間もなく十津川郷士二千人が来る。一戦交えるなら今だ。今なら勝てる。いろいろと思うところはあるだろうが、ここは戦おうではないか」

と松本に持ちかけた。しかし松本はニコニコするだけで、是とも非とも応じなかった。そこで藤本が、

「勝てば、若御前を落とし参らせる手立ても出てこよう」

と言を継ぎ足した。これに反応したのは松本ではなく、吉村だった。

「主将を落とす……。何ですか、それは」

眉間《まゆま》が寄っている。藤本が「しまった」という顔をしたところで松本が、

「言葉どおり、主将に落ち延びていただこうという話ですよ」

とシレッと重要なことを口にした。「そんな話は聞いていない」と気色ばむ吉村に、

「私としては、若御前には長州にお移りいただくのが最善と思うております。彼《か》の地には、先に都落ちされた七卿もおられることだし」

と持論を展開した。吉村は、松本が隊を解散させたがっていることは承知していたが、忠光卿を長州へ落とすことまで考えていたことに驚いた。ではあるが、

「長州へと申されても、どこからどうやって」

という具体性に欠けたままである。これについても松本は、

「十津川を得たことは、進路というか退路というかは別にして、道が開けたと私は思っている。十津川郷を経由すれば、紀伊半島の任意《いずれ》の港にも出られる。そこで船を雇えば、長州へ落ちられる」

と、明日の天気でも語るように淡々と申し述べた。吉村に、というより、忠光卿に言って聴かせている、という風情である。が、忠光卿は無反応である。

吉村としては忠光卿を手離すつもりはない。忠光卿がいるからこそ、単なる草賊ではなく、尊皇攘夷の志士群でいられるのだ。忠光卿の将来は大いに忖度せねばならないが、点火したばかりの尊皇攘夷の火を守ることも大事である。

そういう思いが強いため、吉村としては、松本の構想に乗るわけにはいかない。

「さあ、船を借りられましょうか。紀伊半島の大部分は紀州藩領でござる。そんな敵地《ところ》の漁民が船を出してくれるはずがない」

そう論詰した上で、

「若御前の将来を大事とお考えなら、戦って活路を得るほかありません。公儀を相手に緒戦を飾れば、全国の同志が立ち上がる。そうなれば、若御前も逃げずに済み、将来は洋々と拓けましょう」

と持論を展開した。しかし今度は松本も引かない。

「緒戦に勝てば同志が立ち上がるというのは、希望的観測にすぎましょう。よしんば、誰かが立ち上がるとしても、それは一年も二年も先の話。その間、公儀や諸藩が待っていてくれるわけではありますまい」

「……」

「私は戦を怖がっているのではありません。自分の命はいつでも投げ出す覚悟はできている。吉村君も鉄石先生も那須さんも池君もそうでしょう。我らは死んだってよいのです。しかし、まだ二十歳にもならない若御前を巻き添えにしてよろしいのか」

忠光卿の生命のことを持ち出されると、これ以上強硬《むちゃ》なことは言い難い。

吉村としては、忠光卿の口から、

「それでも麿は戦う」

と言ってほしかった。が、上座で固まっている忠光卿の唇は痙攣《けいれん》するばかりであった。それをみかねたのか、藤本が、

「では戦って退路を開けばいいではないですか。思いつきで申し訳ないが、手近な敵を敗走させ、公儀が動揺している間に、紀州藩領ではなく、堺で船を仕立てて逃げるというのはどうだろうか」

と言いだした。松本は、

「何も無理に戦わずとも、そのまま堺に出ればいいのでは」

と反論したが、藤本は、

「いえ、長州が都から追い落とされ、その上我らまで逃げたとあっては、それこそ尊攘の火を消してしまいます。公儀は開国に驀進《ばくしん》し、神国を夷狄に売り渡すでしょう。それは帝の最も忌まれておられることです。若御前の将来のためにも、ここは公儀や諸藩に痛撃を食らわせておいた方がいいでしょう」

と主張した。松本は「それもそうか」と納得しかけたが、吉村はあくまで、

「いや、戦えば勝てます。勝てば時勢が動く。奎堂先生が言うように、動くまで時間はかかるでしょうが、きっと動くのです。そうだ、城を取ればいい。取った城に立て籠もれば、同志の奮起を待つことも可能です。大楠公の故事に倣いましょう」

と主戦論を展開した。

大楠公こと楠木正成は、後醍醐帝の偉業を助けんがため、自分の城である千早城で決起した。これを

知った鎌倉幕府は、何万もの兵を千早城に差し向け、蟻の這い出る隙間もない包囲網を敷いた。

ところが正成は、機略を駆使して敵を寄せ付けず、抗戦数カ月に及んだところ、京や鎌倉で反幕の手が挙がり、遂に倒幕が成功した。吉村はその故事に倣おうというのだ。これに藤本が、

「なるほど、そういう吉例がありましたな。では、どこか手近な城を取ることにいたしましょう。もし、城を取れれば籠城、取れなければ退去でよろしいですか」

と言いだした。藤本としてはどちらでもいい。それ以上に、幹部間で意見が割れることを恐れた。内紛は、組織瓦解の第一歩である。となれば、中途半端だろうが生煮えだろうが、両者を少しずつ譲歩させ、隊の保全を第一とした。

そんな藤本の内心を悟ったのか、松本は「それで結構です」と頭を下げた。吉村も大人の対応をしてみせたが、内心では、

「城が取れるまで戦を続ければいい」

と思っていた。藤本の調停案には、城取りの期限がない。いつまでも、グズグズと戦っていればいいのだ。緒戦にさえ勝てば、仮に城取りができずとも、

「浪士が正規軍を打ち破った」

という話が駆け巡り、我先にと同志が群がり興って大乱となるだろう。

一方の松本は、

「城など取れるはずがない。ひとくさり戦って、早々に堺に引き移るべし」

と考えていた。

そんな二人の思惑など知る由もない藤本は、

「御両所とも、よろしいですな」

と念を押した。松本も吉村も頷いたが、忠光卿だけは無反応だった。


そして、待ちに待った十津川郷士がやって来た。先導してきた野崎主計は、

「えらい遅なってしもて面目ない。せやが、十津川五十九カ村から千二百人連れてきた」

と胸を張った。十津川担当を任じる乾十郎が例の鉄扇をバシバシ鳴らしながら、

「遠路、よう来てくれた。これで儂ら御政府も千人力や」

と言い放った。これに野崎主計が、

「いやいや、『千人力』って……、　儂ら千二百ですがな。二百足りんがな」

と突っ込んで大いに笑った。

本陣を提供してもらっている鶴屋側には、十津川郷士二千人が来ると言ってあったので、宿舎の手配もしてあった。乾が一行をその宿舎へ案内している間、野崎主計、深瀬繁理、田中主馬介といった郷士幹部数人が忠光卿に挨拶に出向いた。忠光卿は、

「古来、勤王の志篤い十津川郷士が来てくれたからには、まさに千人力や」

との言葉を掛けた。これを聞き、野崎は笑いをこらえるのに難儀したという。この時、面会した天誅組の幹部は、主将の忠光卿と藤本、吉村、松本の三総裁のほかは、監察の那須信吾だけだった。

面談は、すぐに軍議に変わった。まずは吉村が、

「実は、助力すると言っていた高取藩が断ってきた。どうやら、公儀から我らに味方するな、という触が回ったようです」

と報告した。十津川衆が同席しているので、際どい部分には触れない。幕府とは交戦中なので構わないが、朝廷との縁が切れていることは明かせない。

「高取藩はご存じのとおり徳川譜代藩です。やはり、助力を求めるのではなく、最初から討伐すべきでした」

これには、十津川の野崎も、

「あの藩なら、さもありなん」

と応じてくれた。それに力を得たのか、吉村は、

「十津川千二百の勇士を得たからには、我らに敵対することを表明した高取藩を討ち、高取城を落とすべし、と思うがいかがか」

と提案した。

先日、三総裁の間で合意を見た「城取り」について、手近の敵として高取藩の名が上がった。前述のとおり、高取藩は譜代の植村家が二万五千石で治めている。が、強敵ではない。ただし、大砲を所有している。

それともう一つ、高取藩が誇るべき「武器」がある。それは城である。高取城は、典型的な山城で、攻めるに難く、守るに易い要害となっている。そういう城を徒手空拳《としゅくうけん》で取ろうというのである。

ただ、苦労人の藤本が、

「十津川衆は遠路来られたばかりじゃ。発足は数日後ということにいたしましょうか」

と十津川衆への配慮を見せた。これに野崎は、

「いやいや、遠慮は無用。このまま五條に出て、そこから高取を攻めましょう」

と返した。結局、出発は翌日ということになった。

そこで散会となったのだが、十津川幹部の一人である玉堀為之進という者が、吉村の許にやって来て、

「高取藩が受けた命令は、ご公儀からのもんですやろか」

と妙なことを訊いてきた。

玉堀は十津川郷林村の庄屋で、ずんぐりした木訥漢《ぼくとつかん》である。典型的な田紳であるが、今時珍しく食客を養っていた。その食客は河内浪人の上田主殿《とのも》という者で、尊皇で有名な十津川郷士に憧れて脱藩したという変わり者であった。

その上田は、郷里の河内と連絡を取っていた。その上田が玉堀に、

「庄屋はん。五條御政府が勅勘を蒙ったちゅう噂がおますねん」

と耳打ちした。勅勘とは、天皇から叱責を受けることである。そんな話を聞かされた玉堀は、討伐令は幕府からではなく、朝廷から出たのではないかと吉村に質したのだ。

もし、勅勘だけでなく、朝敵となっているならば、十津川郷士としては天誅組に味方するわけにはいかない。

「そういう話を聞いたもんで、ホンマかと思いまして」

これを聞いた吉村は、電撃を受けたように驚いた。大和行幸の詔勅が取り消されたことは、十津川衆には厳に秘されている。これを仲間に告げられては天誅組は瓦解する。

答えに窮した吉村は、

「その話、もう少し詳しくお聞かせ願えないか」

と玉堀を誘い、庭に出た。庭に出る際、吉村はたまたま視線《め》の合った那須を「ちょっと」と呼び寄せ、同行させることにした。吉村に深い意図はなく、ただ一人で聞いてはいけないと思ったからにすぎない。

庭に出た玉堀は、

「いや実は、儂の食客で上田っちゅう浪人がおりまして、そいつが河内あたりに流れてる話やっちゅうことで教えてくれたんです」

と噂の出どころを明かしてくれた。それを聞いた吉村は、

「では、上田先生から直にお聞きしたい」

と言い、玉堀が呼びに行った。その間、那須は、

「何の話ですろうか」

と怪訝《けげん》な顔をした。

「どうやら、行幸中止の話を咥《くわ》え込んできたらしい」

と言って、顎先を玉堀の後ろ姿に向けた。那須は、

「事と次第によっては……」

と言い、刀の柄に手をかけたが、吉村は薄く笑って首を横に振った。

吉村は「暗殺」を嫌っている。そもそも「人間は生かして使うべし」と思っている。万一、意見が合わない場合でも、正々堂々の論戦で決着させるべきだと考えている。

ところが土佐勤王党の武市は、尊皇攘夷が藩論にならないことに焦りを覚え、公武合体論の親玉である吉田東洋を暗殺することを思いつく。これを実行したのは、繰り返しになるが那須信吾である。東洋暗殺後、武市は実権を掌握し、上洛して本格的に尊攘運動を開始する。

武市は京で変わった。岡田以蔵という青年を刺客に仕立て上げ、次々と政敵を抹殺していった。武市が変わったように、岡田も変わった。岡田は武市の顔色や目の動きだけで意図を察知し、刃を揮うように

なったのだ。そうなると、もう立派な殺人鬼である。

武市と岡田はどれほどの人を斬っただろう。しかし、世は何も変わらない。暗殺で何かが変わることなど、百年に一度あるかないかである。吉村の知る限り、歴史が転換した暗殺は「本能寺の変」以外に思いつかない。

かの事変にしても、起こした明智に天下は回ってこなかった。つまり、有意義であろうとなかろうと、暗殺は暴力《テロル》にすぎない、と吉村は思っている。

もしここで、天誅組の不為《ふため》だと言って玉堀を斬ると、武市と同じ過激派《テロリスト》に落ちぶれることになる。

「狭山脱藩上田主殿でござる」

そう名乗った食客は粗衣放髪でガリガリに痩せた中年男だった。狭山藩といえば、河内で支援品を持ってきた家老を思い出す。こんな奴に見離されたのかと思うと、好々爺然としたあの家老が可哀想《あわれ》に思えた。その上田が、

「藩にいる同輩から聞いたんですけど、どうやら京で騒ぎが起こって、長州藩が追い落とされたらしいです。ほんで、大和行幸なんかの勅が全部取り消されたっちゅう話です」

と得意そうに言った。「でや、儂、事情通やろ」と顔に書いてある、しかし、その薄笑いもすぐに真顔に戻った。吉村と那須が怖い顔をして睨んでいたからだ。

「あ、何か気に障ることでも言いましたか」

「ああ……、いや……」

吉村は返事に窮した。が、那須が、

「それは聞き捨てならん。もそっと詳しゅう教えとおせ」

と言いだし、庭端にある武器庫を指さした。人前でできる話ではない。そう合点したのか、玉堀と上田が頷いた。

「な、那須さん……」

吉村は、那須の意図を察した。が、やめろともやれとも言えなかった。吉村の胸中に迷いがあると見てとった那須は、

「吉村総裁は隊務が忙しいにかぁーらん」

と言い、本陣の方を指さした。仕方なく吉村が「では」と会釈をして、玉堀と上田に背を向け歩きだした。吉村は本陣に向かいつつ、

「これでは武市さんと同類《ぶっちゅう》やか」

と地の言葉で呟いた。

吉村が本陣にたどり着く直前に、微かな断末魔が二つ、聞こえてきた。

八月二十五日、天誅組は天ノ川辻の本陣を発足した。

行き先は五條である。最終的な目的地は高取城なのだが、とりあえず五條に戻り、そこから高取に向けて再進発することになった。五條の桜井寺には池内蔵太と安積五郎が残っている。池からは「敵はまだ来ません」との報告があったが、それも数日前の情報なので、移動している間にも、桜井寺が幕府側に押さえられているかもしれない。そう思った吉村は全軍に駆け足を強要した。

桜井寺に駆け込んだ吉村たちを待っていたのは、

「大和の郡山藩兵が、葛上郡古瀬郷《かつじょうぐんこせごう》を南に向けて進軍中」

という容易ならぬ諜報だった。

葛上郡古瀬郷は、現在の御所市《ごせし》で、五條の真北に位置する大郷である。天誅組が目標としている高取城からは真西に当たる。これを無視して高取城に取りかかれば、背後あるいは側面を衝かれて、城攻めどころではなくなる。

吉村は軍議を開いた。一報を知った藤本は、

「吉村総裁。それは無視できる話ではありませんぞ」

と軍略家らしい見解を示し、さらに、

「別動隊を派遣すべし」

と言い継いだ。吉村は、

「それなら僕が行きます」

と自分に命じるように言った。

「いや。吉村総裁は全軍の奉行ではないか。この前、紀州藩が国境へ来た時のように、那須監察にでも追い払ってもらえばいい」

そう藤本が反対したが、吉村は「いや、それは」と譲らなかった。一週間前の紀州藩は事態を探りに来ただけだが、討伐令を受けた郡山藩が偵察に来ただけとは思えない。きちんと戦準備をして臨むべきだ、と吉村は説明した。さらに、

「別動隊の任務《つとめ》は、郡山藩兵を追い払うことにあります。敵の術中に嵌って身動きできなくなったり、逆に勝ちすぎて深追いしてもいけない。ガツンと叩いてサッと引き上げねばなりません」

と隊の行動指針を示した。その上で、

「そういう難しい戦場を率いることのできる者は、僕しかいない」

と臆面もなく言い切った。さすがの藤本も、

「吉村総裁がそうまで仰せなら、お任せしよう」

と言い、松本も「頼もしい」と頷いた。

「となれば、本隊を藤本総裁にお預けしたいが……」

と吉村は水を向けると、藤本は「うむ」と頷いた。そもそも藤本は軍学者で、自身も剣豪である。が、実戦の経験がないので、

「那須さんを侍大将にしたいが、いいかな」

と凄腕の剣客を副官に指名した。これには全員が「是」とした。その上で藤本が、

「高取城は大砲で落とそうと思うんだが、どうでしょう」

と言いだした。

高取城は、高取山全山を城郭化した典型的な山城で、十万人で攻め寄せても簡単には落ちない堅城である。しかし大砲ならば、ものの数分で本丸を粉砕することができるだろう。この戦術には吉村も、

「さすがです。あれをマトモに攻めたら十年はかかります」

と感心した。しかしながら、二万五千石の大名家に喧嘩を売るには違いないので、兵数は多いほどいい。そうなれば、別動隊の吉村が大人数を引き連れていくわけにもいかず、

「僕の方は三百ほどでいいです」

と下手に出た。

「三百で大丈夫か」

藤本はそう訊いたが、かと言って五百持っていけとは言わなかった。ただ吉村は、

「申し訳ないが、その三百は全部騎馬で、なるべく多く鉄砲を持たせたい」

と申し出た。吉村は、騎馬で急速に接近し、鉄砲で痛撃を食らわせてさっと引き上げる、そんな戦法を思い描いていた。

「では吉村総裁は、よりどりの精兵をお連れになってください」

天誅組総勢二千は、八月二十五日の日没前後に五條の桜井寺を出発した。

五條から一里ちょっと北へ出たところに、居傳《いで》という村があり、そこで街道が二手に分かれている。そのまま真北へ向かう下街道と、北東へ向かう中街道である。吉村の別動隊は下街道を古瀬郷へ向かい、本隊は中街道を高取方向へ取った。

本隊はすぐに重坂《へいさか》峠に差し掛かった。峠を下ればすぐに高取藩の領内に入ることになる。本隊の侍大将を仰せつかった那須は、ここで数人の物見を出した。ところが、今出した物見がすぐに戻ってきた。

「敵の斥候《せっこう》を捕まえました」

那須は、その敵兵の顔をしげしげと眺めたかと思うと、その太腿にいきなり刀を突き刺した。絶叫する斥候兵に、拳骨を二、三発食らわせ、

「高取の本隊は待ち伏せしちゅうか。他の藩はどこまで来ちゅう」

と矢継ぎ早に尋問した。尋問というより拷問である。

しかし敵兵は、藩への忠義心を発揮したのか、痩せ我慢をしたのか、あるいは単に知らなかったのか、すぐには口を割らなかった。そんな敵兵に那須は「言え」と怒鳴りつつ、刺した刀をグリグリと捻った。

敵兵はうぐぐと呻くばかりで何も言わない。

この場にいた十津川の野崎主計が、あまりに凄惨な仕様《しざま》に堪えかね、

「な、那須さん。こやつ、何も聞かされてへんのと違《ちゃ》いますか。これ以上責めても、何も出てきまへんって。もうその辺で堪忍したって」

と止めに入った。最後は哀願調になっている。さすがの那須も、

「野崎先生がそうまで仰せなら」

と、腿に刺した刀をズボリと抜き取った。やれやれと安堵した野崎の目の前で、那須が無造作に刀を揮った。と思ったら、敵兵の首がスパッと落ちた。一拍遅れて、ドドドッと、血が噴出した。その返り血を巧みに躱《かわ》した那須は、

「敵も物見を放っちょる。先を急がなアカンぜよ」

と言い、刀をパチンと鞘に収めた。

野崎ら十津川衆は声もない。人が人を殺すところを初めて見たのだ。自分たちが、これからやろうとしていることの凄まじさを、改めて実感した瞬間でもあった。

高取城襲撃

峠道である。

再始動した全軍は、転げるように山を下り、夜半には平地にたどり着いた。そこは戸毛《とうげ》という村で、大乗寺という禅寺があった。高取城の城下町は目と鼻の先にある。藤本は、その寺の前で隊を止めた。血気に逸《はや》る那須は、

「一気に寄せないがか」

と口を尖《とが》らせたが、藤本は、

「ここから先はまさに敵地じゃ。今一度、斥候を放って、敵の布陣を確かめ、大砲を据える場所を探る。それに、十津川の衆がお疲れじゃ」

と言い、寺の境内に馬を入れた。確かに、十津川郷士の面上に濃い疲労が浮かんでいた。普段から豪放磊落な野崎主計も汗みどろになっている。思い返せば十津川衆は、悪天後のぬかるみ道を天ノ川辻まで来て、ろくに休まず五條へ走り、さらに高取城下まで下ってきた。これで疲れないわけがない。

「仕方ないか」

ここで大休止している間に、次々と物見が戻ってきた。彼らによると、

「敵の本陣は鳥ケ峰という小高い山にあり、大砲四門を据えて待ち構えております」

ということだった。それを聞いた砲術家の林豹吉郎は、

「ほんなら、鳥ケ峰を狙える位置にこっちの大砲を据えまひょ」

と言い、弟子数人を連れて自ら物見に出かけた。さらに、

「敵は城に籠もることをせず、その本陣に主力を置いている模様。その数、三百」

という報告がもたらされた。

「ほう、三百か」

天誅組は、十津川郷士を入れて千人ほどになっている。数の上では圧倒的に有利である。が、兵器の点で心もとない。何せこちらは火縄銃なのだ。それは藤本も承知しており、「肉弾戦に持ち込めれば、城取りも夢ではない」と思い、

「那須さん。よしなに」

と斬り込み隊長でもある那須に声を掛けた。那須も「おう」と応じ、

「土佐の志士《もん》だけで、敵を蹴散らしてみせる」

と意気を上げた。が、池内蔵太は、

「迷惑だなあ、那須さん一人で突撃してくださいよ」

と楽しそうに混ぜ返した。が、本心ではない。

夜明け前、全軍は大乗寺を出た。

天誅組が大乗寺を出て約半里、下土佐村や子島村といった城下町が見えるところまで進んだ。そこには城主の里御殿や重臣たちの武家屋敷がある。

「あれが高取城か」

那須が見上げた先には、一山全部を城郭化した高取城が、夜明け直前の薄明の中に黒々とうずくまっていた。敵が本陣を置いたという鳥ケ峰という山は、その手前にある。山というより丘で、現在その頂に高取町役場が建っている。

その時、夜が明けた。

敵陣たる鳥ケ峰の方角から日が昇り、あたりを金色に染めた。さあ、いよいよだ。

「林先生。あの山に向けて大砲を撃っとおせ」

那須は、すぐ隣にいた大砲隊の林に、そう指示を出した。それを聞いていた林の弟子が、師匠になり代わって「はい」と元気よく返事をし、仲間の許へ飛んで行った。彼は、声を張り上げて「撃ち方用意」と指示を出した。これにより大砲隊は、テキパキと動作し、たちまちのうちに火薬と弾丸の装填を終えた。

「撃ちまーす」

と弟子が林の方を向いて声を上げたその時、
ドーン。

という音がしたかと思うと、

バーン。

と轟音がして、設置したばかりの木製大砲が吹き飛んだ。一瞬早く、敵が砲撃を開始したのだ。この砲撃で砲手数人が吹き飛び、元気のよかった弟子も即死した。これを合図に、鳥ケ峰の森の中から、高取藩兵がわらわらと現れた。敵兵は、森を出たところで折り敷き、猛烈な銃撃を始めた。

出鼻を挫かれた天誅組は、その辺の地物に身を潜めるしかなかった。高取藩兵はろくに照準もせず、どんどん撃ってくる。彼らは兵数が足りないため、肉弾戦を諦め、射撃と砲撃により天誅組を撃退しようとしていた。

一方、数に勝りつつも兵器で劣る天誅組としては、なんとか敵の射撃を掻《か》い潜《くぐ》って突撃せんと図っていた。が、正面からの鉄砲射撃に加え、頭上から砲弾も降ってきて、思うように前進できない。

戦況を見てとった藤本は、忠光卿とともに後方に下がった。大砲隊はというと、怪我《けが》をした隊士を下げたり、散らばった砲弾などを集めたりと、とてもじゃないが反撃になど出られる状況になかった。そんな膠着《こうちゃく》した戦況を見ていた那須は、不意に立ち上がると、

「よし、ついてこい」

と手近な兵に声を掛け、屋敷町へと侵入していった。敵から死角になりそうな場所の見当がついたのだ。武家屋敷をぐるりと回り込めば、敵鉄砲隊の側面に出られる、とみた。そう思えば、躊躇する那須ではない。

ダダダダ。

那須の一隊が駆けて行く。いくつかの角を曲がり、最後の曲がり角を曲がったところに敵がいた。敵はひとり。黒の道場着に白襷、額には鉄片の付いた鉢巻をしている。立派な得物《かたな》を二本差している。

「あ」と思った那須は急停止した。

その敵は、足こそ踏ん張っているが、左手は袖に入っている。そこに「隙」を見た隊士の一人が、無言で斬りかかった。那須は「やめ」と叫んだが遅かった。隊士は脳天を唐竹に割られ、即死した。

「会いたかったよ、那須信吾」

「と、戸梶甚五郎……」

那須は混乱した。

「なんで、お前《まん》がここに居る」

「上士に『おマン』は無礼だと、何回言えばわかる」

あの夜、那須を討ち損じた戸梶だったが、京にいる限り、いつかは遭遇できると思っていた。しかし、あの晩出会った下郎どもが大和で蜂起したと聞き、自身も下和していたのだ。

「どがいな手蔓で高取藩に取り付いたか知らんが、執念深いこっちゃ」

那須はそういうと、スラリと長刀を抜いた。隊士たちは、肝を奪われたのか、微動だにしない。そんな隊士に「下がっちょれ」と命じた那須は、

「戸梶甚五郎。お前、この戦に関係《かかわり》ないがやろ。そこ、どいてくりゃれ」

と怒鳴った。しかし戸梶は、

「いかにも、戦などどうでも良い。儂はお前を斬るのみよ」

と言い、正眼に構えたまま、一足進めてきた。那須としては、ここでグズグズしていると戦機を失い、自隊が高取藩に撃ち崩されてしまう。かと言って、首をやるわけにはいかない。

ここは戸梶を斬るしかない。那須が、一歩間合いを詰めると、戸梶も半歩前へ出た。

那須が次に足を動かした刹那、

（！）

戸梶の正眼がビクッと動いた。

「あ」

見ると、那須の左上腕の袖が切れている。その切れ目から血が滲みだす。

いかん、刀では歩が悪い。そう思った那須だったが、戸梶は容赦しない。ついっと歩を詰めると、いきなり突いてきた。

辛うじて避ける那須。頬に熱い物が流れる感覚があった。血の付いた右鬢が数筋ハラリと落ちた。

戸梶がさらに突きを繰り出してくる。

カキーン。

これはどうにか、刀先で弾けた。

「ふん、往生際の悪い奴め」

そう言うと、ドリャーと言う気合とともに、戸梶は体ごとぶつかってきた。彼の刃先は、那須の胴を狙っている。これを避けるに、体を捻っても、刃を合わせても、激突され転倒する。転倒すれば、万事休すである。

ダーン。

那須が観念しかけた時、銃声がした。と同時に、戸梶が跳ね飛んだ。

「那須さん」

駆け寄ってきたのは、池だった。池は鉄砲兵数名を率いていた。

「内蔵太か。助かった」

池は、那須が単身突撃したと聞き、援護に掛けつけてきたのだった。戸梶はその場で仰向けに倒れ、動かない。そんな戸梶に注意を向けつつも、池は、

「まったく、年がいもなく無茶するんだから。うふふ」

と楽しそうに笑った。

「とどめを刺しますか」

そう池が訊いたところに、前方から敵兵がやって来た。今の銃声で、こちらの位置が知られてしまった

ようだ。

「引くか」

そう言うと、那須は後ろを向いて走りだした。戦いに利があると思えば容赦なく突っ込み、利あらずと思えばサッと引く。まさに兵法の極意である。

ダダーン。

そんな那須たちの背後で、敵の銃声が湧き上がった。

「ふん。朝敵の弾丸なんか、当たるもんか」

池はそううそぶいたが、前を走っていた那須がバタリと倒れた。


那須の怪我は大したことなかった。それでも、足のどこかを弾丸が掠《かす》めたようで、一時的に歩行困難となり、戸板に乗せられた。この姿を見て、

「敵の首を一刀の下に斬り飛ばす那須監察でさえ敵《かな》わないのか」

と、隊士たちに動揺が広がった。さらに、大砲隊の林が、

「これ以上は砲撃の的になるだけでっさかい、いったん退《しさ》りまっさ」

と、掻き集めた木製大砲の部品と生き残った弟子を率いて後退した。そうなると、あれほど意気盛んだった隊士たちも、

「ほんなら、儂らも」

と背走しだした。

しかし那須は、

「こら、退くな。戻れ、止まれ」

と怒鳴ったが、自身が戸板に乗せられており、否応なく後方に下げられた。

後には負傷兵が多数残された。高取藩は、彼らを捕獲し、捕虜として近くの寺に収容した。その捕虜の大半が十津川郷士だった。郷士たちは、高取藩の取調べ役に対し、

「天朝様に刃向こうて天罰《ばち》が当たると思わんのか」

と悪びれもせず胸を張った。これに対して藩の城代家老中谷栄次郎は、

「お前ら、大和行幸が中止になったこと、聞かされてへんのか」

と問いかけた。

「そんな話は聞いてへん。それはホンマか」

などと口々に言い騒いだ。頭分と思しき兵が彼らを制しつつ、

「儂らは、天朝様の大和行幸をお守りする御親兵として徴発されたんや。もし、行幸も御親兵も無しやとなれば、儂らはこないな戦には出んかった」

と供述した。中谷家老は「土佐者に騙されたようやな」と同情しつつも、

「事情はともかく、その方どもはご公儀にも天朝様にも弓引いたことになる。よって、お沙汰あるまで当藩が預かる」

と宣言した。ただ、高取藩は彼らを粗略に扱うことはせず、それなりの礼譲をもって遇した。捕縛された十津川の郷士連中は、半信半疑ながらもおとなしく従った。


天誅組は重坂《へいさか》峠まで後退した。侍大将の那須は、

「ここで敵を防ぎ、逃げ帰ってくる兵を収容するきに」

と息巻いたが、那須の容態を心配した取り巻きが、

「はよ、運べ」

と更なる後方へと運んでいった。肝心の那須がいないでは戦にならないと思ったのか、藤本は、

「いったんは退こう」

と五條まで下がるよう命じた。ところが、水郡《にごり》善之祐が、

「誰かが殿軍《しんがり》をせんと、追撃されまっせ」

と詰め寄ってきた。しかし、危険な殿軍を買って出る者はいなかった。そこで水郡は、

「儂がする」

と怒鳴り、配下の河内党五十人とともに、峠の上に居残った。水郡は、天誅組の幹部連中がふわふわし

ているように見えて仕方なく、たとえ全滅しようとも、御親兵としての矜持を示すべきだと思っていた。

それに、幹部連中は十津川郷士ばかりを有難がり、創設を支えた河内党と、最大の出資者である自分を蔑《ないがし》ろにしたことに怒っていた。水郡は、殿軍を引き受けることで、自分への注目を取り戻そうと思ったのかもしれない。

そんな水郡を放置するように、本隊が重坂峠を逃げ下り、街道分岐点の居傳村まで戻った。ちょうどその時、吉村率いる別動隊も戻ってきた。

吉村が出向いた葛上郡古瀬郷に敵はいなかった。吉村は未明に、「敵はおらん。虚報だった」と判断し、そのまま高取へ向かおうとした。その旨の伝令を放ったところ、

「本隊敗走」

という一報が返ってきた。そこで吉村は重坂峠へ向かうつもりで居傳村まで戻ったところで、その本隊と行き遭ったのだ。

「ああ、吉村」

そう言って照れたような笑顔を見せた忠光卿に対し、

「何をやっちゅう」

と怒鳴りつつ、忠光卿の乗馬の綱を摑んで振り回した。

「ああ、だめだって。吉村さん」

慌てて止めに入ったのは池内蔵太だった。吉村にしても、忠光卿を摑んで殴ってもどうなるものでもないことはわかっている。しかし、

「御親兵が緒戦に逃げるっちゅうようなことはあってはならん」

と思っている。戦というのは、戦況の如何《いかん》によらず、逃げた方が負けと見なされる。だから、不利になっても歯を食いしばって耐え凌ぎ、わずかな戦機を捉えて逆襲して、たとえ半歩でも敵を下げなければならない。そうして初めて、

「我、勝てり」

と高らかに喧伝できるのだ。それを「おめおめと逃げくさって」と吉村は激怒したのだ。どこか水郡と通じるところがある。

「よ、吉村総裁。誠に面目ない」

そう謝ったのは藤本だった。吉村も、一時の激情が過ぎ去ると、

「申し訳ございませんでした」

と忠光卿に頭を下げ、下げただけでなく土下座までした。

「いや、謝らなければならないのは我らだ」

松本も輿板に乗ったまま頭を下げた。ただ一人、那須だけは、

「ふん、勝敗は時の運じゃ。誰に謝ることがある」

と横を向いている。那須の心境は複雑である。あの時、過去の亡霊ともいうべき戸梶甚五郎に出会わなければ、今頃敗走していたのは敵の方だったかもしれないのだ。

その那須が、

「吉村さん。せめて捕虜になった者を取り返しに行こうや」

と持ちかけると、

「そのつもりだ」

と頷いたものの、

「けど、那須さん。アンタは居残りじゃ」

と断られてしまった。確かに、足からも腕からも出血しており、気の弱い者が見れば卒倒しそうな凄惨な姿になっている。ただ、アドレナリンが耳から溢れ出るほどに湧いている那須は、痛みを感じていない。

「ふん、こんな怪我、なんちゃあない」

口だけは達者であるが、手も足もうまく動かない。

「豪傑天狗の那須信吾でさえ怪我する戦だったということだ。僕の方は空振りだったから元気が残っている。これからの夜襲は、僕らだけでやる」

那須は悔しそうだったが、足が動かぬでは、それこそ足手纏《まと》いになるだけで、「ち」と舌打ちをして諦めた。

「吉村さん。本当に夜襲を仕掛けるのか」

そう訊いたのは藤本だった。藤本としては、手ぐすね引いて待ち構えている今の高取藩に戦を仕掛けるなど、自殺行為にしか思えない。

「敵も藤本さんのように思っているでしょう」

だから奇襲が利くのだ、と吉村は力説した。

「しかし、奇襲で捕虜を取り戻したところで、大勢に影響はなかろう」

この言に吉村は、

「それは心得違いじゃ」

と激しく反応し、一回り以上も年上の先輩志士をたしなめた。

「さすがに帝の御親兵は無敵だと、全国の敵味方に識らしめねばなりません」

ここで五條へ引き上げれば、負けが確定してしまう。夜討ちでも朝駆けでも何でもやって高取藩を撃退せねば、尊攘運動自体が潰されるという恐怖を感じていた。だから、何が何でも勝利が欲しかったのだ。

もっとハッキリ言うと「勝った」と言える状況になりさえすれば、捕縛された味方の奪還などうっちゃって、さっさと引き上げてもよいとまで思っている。

「ここは何が何でも僕らの意地を見せてやります。ただし、意地を見せたらしまいにします。だから、兵はそんなに要りません」

そう言うと志願する者を募り、たちまち二十数人の同志を得た。

「じゃ、行くか」

吉村は隣家に傘を借りに行くような気軽さで出ていった。

それを見送った藤本は複雑な思いを抱いていた。

吉村の逆襲が成功すれば、間髪を入れず城取りに戻るべきで、とすれば本隊を重坂峠あたりまで戻しておくべきである。が、成功の目算は極端に低い。であれば、五條に引き上げた方が後図《こうと》をはかりやすい。

そんな藤本に、松本の輿が近づいてきて、

「藤本総裁。我々は五條へ引き上げましょう。五條を守ることも、立派な戦ですよ」

と囁いた。松本にすれば、千人以下になった今、平場で漂っていることは不利以上に危険に思えた。

藤本は、

「そうですか、そうですな」

と頷き、天誅組は五條へ引き上げた。

吉村が重坂峠に登ると、頂上付近で水郡と行き逢った。水郡は、

「吉村さんか。どないしたんや」

と驚いたような顔をした。水郡にすれば意外だった。たったの一戦で腰が砕けた天誅組など、

「普段は偉そうな口を叩いてるくせに、味方の亡骸もよう取り戻しよらへん」

と思っていたからだ。

「今から、夜襲をかけます。水郡先生はここで待っててください」

「待っとれって、儂も行くがな」

「いやいや、また負けて帰ってきたときに、助けてください」

そう言って吉村は笑い、「河内の衆だけが頼みの綱です」と配慮を見せた。これで水郡のご機嫌は真っ直ぐになった。天誅組の幹部で、河内党の心配をしてくれたのは、吉村が初めてだったからだ。

「ほな、これ持っていってください」

そう言うと、部下に命じて銃と弾薬を差し出そうとした。しかし吉村は、

「焼き討ちにしますから、松明の方がいいかな」

と言いだした。どうやら吉村は、城下町の焼き討ちを目論んでいるようだ。

「吉村さん。御親兵なら百姓町民の家を焼かん方がええんとちゃうか」

水郡が庄屋らしい顔をしてそう言うと、同じ境遇の吉村も、「それは心得てます」と同意を示しつつ、

「今夜焼くのは武家の屋敷だけです」

と戦術を明かした。城下町にある里御殿や重臣の屋敷を焼き、その混乱に乗じて、

「でき得るなら、城を乗っ取りたいと思ってます」

と言ってニタリと笑い、

「それがだめでも、せめて囚われた同志を救い出したい」

と目に力を入れた。

「ほんなら、もっと夜になった方がええんとちゃいますか。敵も今朝からの戦闘で疲れとるはずでっさかい」

吉村はその言を入れ、深夜になるまで峠で待機することにした。そこに、羽織袴姿の初老の男が下男だけを連れてやって来た。

「天朝様のご陣ですやろか」

「そうじゃが、お手前は何者じゃ」

そう問う水郡に、

「儂は、この重坂村の庄屋で、西尾清右衛門と申します」

と名乗った。

「天朝様がここに居てはると聞きまして、何ぞご助力できることはないかと、罷り越しました」

その言葉に吉村と水郡は顔を見合わせ、「それはご奇特な」と謝意を表した。その上で水郡は、

「すぐに出立するつもりでござれば、特段何も……」

と断ろうとしたが、吉村が、

「せっかくですから、薪を少しばかり頂戴できますか」

と水郡の言葉尻を蹴とばす勢いでそう言った。西尾は「薪でっか」と驚きながらも、

「承知しました。薪なら我が家にぎょうさんおますさかい、来ていただければ、ナンボでもお渡ししまひょ」

と承知してくれた。吉村は水郡に、

「聞いてのとおりです。僕らはこのまま庄屋さんの屋敷まで行って、そこで夜更けを待ちます。僕らが帰ってくるまで、ここで待っててください」

と言うや、配下に「行くぞ」と声を掛け、庄屋を急《せ》かして山を下っていった。

高取夜襲

深夜。

中街道は闇の底にあった。その暗闇を無言のまま駆けていくのは、吉村虎太郎率いる天誅組夜襲隊二十四名である。

彼らが、高取城下まであと少しという集落を通過中、

「止まれ止まれ」

と行く手を遮られた。

街道の真ん中に騎馬が一騎立っていた。大時代的な鎧兜を身に着け、大身の槍を小脇に抱えている。この侍は、高取藩監察浦野七兵衛という剛の者であった。浦野は二十人ほどの槍兵と数名の銃手を従えていた。

「しまった」

意表を衝かれた吉村たちは、たたらを踏んで立ち止まった。が、敵勢わずかと知ると、

「ええい。押し通れ」

と大声を上げ、突撃を命じた。

これに浦野は、

「撃《う》て」

と、鉄砲兵に命じた。

ダーン。

と乾いた音が鳴り響いたが、誰にも当たらなかった。

この音に驚いたのか、浦野の後方にある陣屋が俄《にわか》に騒がしくなった。と同時に、浦野は槍兵に「構え

よ」と命じた。兵たちは、浦野の前に進み出て、さっと展開し槍を構えた。

二十人ほどの兵が横一列になると、街道は塞がれてしまう。天誅組としては、この槍衾を突破しない限り城には近づけない。

「突っ込め」

と怒鳴ったのは、吉村だった。

「吉村さんを死なすな」

そう叫びながら、天誅組の隊士たちが吉村を追い越していく。

一方の浦野七兵衛は、

「敵は勢いだけや、こっちには後詰もおる。恐れるな」

と兵を励ました。

ところが兵どもは、恐怖で顔は引きつり、構えた足腰は震えていた。一方の天誅組の方は怒髪天を衝く勢いで、顔を朱に染めている。浦野は反射的に陣屋を振り向いたが、まだ誰も出てこない。このままだと、数的優位はつくれないが、やむを得ぬ。

「ええか、一歩も退くな」

浦野がそう叫ぶと同時に天誅組が突っ込んできた。藩兵が無秩序に槍を振ったり、突いたりしている。

天誅組の方は、その槍先を躱して敵兵の手元に付け入ろうとする。浦野は「歯がゆし」とばかりに馬を降り、前線に飛び出してきた。

ちょうど、吉村も最前線に出たところで、両者行き合った。吉村が浦野に向けて長刀を突き出す。しかし、間合いが悪く、刃先は浦野に届かない。しかも体勢が流れてしまっている。吉村は、この時代の志士にしては珍しく、剣法《やっとう》ができない。一瞬で吉村の実力を見切った浦野は、

「貰《もろ》た」

と必殺の槍を繰り出した。

(やられた)

と目を瞑った吉村だったが、痛みは襲ってこなかった。見ると、中井越前という大和志士が吉村の前に立っていた。どうやら彼が浦野の槍を弾き返したようだ。

「こしゃくな」

浦野は、吉村を庇った中井に向け、再度、自慢の槍を繰り出した。これも中井が刃で弾く。そこに、高取藩の陣屋から百人ほど飛び出してきた。

それを見た浦野は、

「早う早う」

と呼び寄せた。吉村を庇っていた中井は、怖い顔を吉村に向けて、

「これ以上は無理や。退がりましょう」

と言ったが、吉村は「いや」と首を振った。吉村としては居傅村で啖呵《たんか》を切った以上、おめおめと戻れなかった。

そこで、

「鉄砲を放て」

と自隊後方に向かって怒鳴った。後ろには鉄砲を持った兵が数人いる。いきなり白兵戦になったので、出番がなかったのだ。彼らは、吉村に言われるまでもなく、押し寄せる敵勢に恐れをなし、ダダーンと闇に向けて発砲した。

「あ」

と言って倒れたのは、高取の槍兵の一人と、吉村だった。ろくに照準もしないで撃った弾丸は、あろうことか吉村に命中《あた》ったのだ。

「うう」

堪らず吉村は倒れ込んだ。太腿から大量に出血している。驚いた隊士たちは、倒れた吉村を両脇から抱え、後ろも見ずに後退した。

「今や、追え」

浦野が大時代的な采配を振るが、藩兵の足どりは重かった。

一方の天誅組も、

「怯まず、撃て」

と、抱えられた吉村が命じても、誰も発砲しなかった。銃手三人は、自軍の総裁を誤射したことに茫然としていた。

「撃てっちゅうたら、撃て」

堪らず、吉村脇にいた中井越前がそう叫ぶと、ようやく、
ダーン。

と、一丁だけ発砲した。これが、密集隊形で前進していた高取藩兵の一人に命中し、

「ぎゃ」

と大仰な悲鳴があがった。思わず、高取藩兵は全員地に伏せた。背後から応援に駆けつけた陣屋の兵たちも身をかがめた。

浦野七兵衛が、

「立て、走れ」

と喚き怒鳴れども、兵どもは顔を伏せたままだった。

と、その時、浦野の脇を駆け抜けていった者がいた。その者は、黒の道場着に白襷、額には鉄片の付いた鉢巻をしており、立派な得物《かたな》を二本差している。

戸梶甚五郎だった。

　彼は昼間、銃弾に倒れたはずではなかったか。確かに、弾丸は戸梶の眉間に命中した。が、弾丸は額の鉄鉢巻に当たって止まった。それでも、衝撃で脳震盪《のうしんとう》を起こした戸梶は昏倒し、半日ほど気絶していた。それがため、額から鼻筋、右の瞼にかけて大きく腫れあがり、紫の痣《あざ》になっている。まるでボコボコにされたボクサーのようで、顔の容《かたち》がすっかり変わっている。気の弱い者が見れば卒倒しそうなご面相だが、本人はいたって元気である。今も、袴の裾を摘まんで、空脛《からずね》をフル回転させて駆けている。狙いは吉村虎太郎である。

「待てぃ、吉村ぁ」

　そう怒鳴る戸梶に、

「誰だ」

　と後方を見た吉村は、すでに戸板に乗せられていた。弾丸が当たった足がしびれ、一時的に歩行困難となっていた。その戸板の脇を走っていた中井越前が、

「あれは、昼間、那須監察に斬り付けた土佐者ちゃうか」

　と教えてくれた。

「え、戸梶……、甚五郎か……」

　吉村としては白昼に幽霊を見たような薄気味悪さを感じた。また「なぜ、土佐藩士の戸梶が高取藩兵に混じっているのだ」と、那須と同じ疑問を抱いた。しかも、昼間の攻撃で那須と対戦し、あの那須信吾に

傷を負わせたというではないか。吉村としては、戸梶などという過去の亡霊と命のやりとりをする気などない。どうすべきかと思い悩んでいると、

「総裁。ここは儂が防ぎまっさかい、安心してお逃げください」

と中井が言いだした。

この中井、林豹吉郎や乾十郎とともに合流した大和の尊攘家である。元定という武士くさい名を持ち、「越前守」を名乗っているが、素性は知れない。中井越前は村一番の剣の達者といわれ、多少の自信もあった。先の高取城の戦いでは、那須に付いて武家屋敷町を駆け、戸梶甚五郎の剣筋なども見ている。先程も、浦野七兵衛の剛槍を二度も弾き返しており、自信を深めていた。

中井は、吉村の返事も聴かずに、その場に立ち止まり、振り返って仁王立ちになった。

そこに戸梶が追い付いてきた。

「これ以上は行かせへん」

そう言うと中井は両の手を広げた。こうなると、戸梶としても無視できない。

「ふん。田舎者。そこをどけ」

と言い、パッと抜刀した。そのまま中井の頭上に太刀を降り下ろした。いきなりの斬撃に驚いた中井は、どうにか後方に飛び避けた。中井としては、道場でのように、じりっじりっと間合いを推し測り、互いに剣先を合わせてから「試合《しあ》う」ものと思っていた。

それが、いきなり撃ち込んできたのだ。戸梶は中井など相手にしていない。虫でも叩き潰すつもりで、実に無造作に剛刀を撃ち込んでくる。しかも、中井が逃げ切れないほど疾《はや》い。中井は、思わず剣で頭を庇った。

ガギン。

金属が断ち切られる鈍い音がし、焦げ臭い匂いがした。それが中井がこの世で感じた最期の感覚だった。中井は顔から上を真っ二つにされ、後ろ向きに斃れた。戸梶の剛刀は、防御した剣ごと中井を両断したのだ。

それを見た田中弥三郎という隊士が、

「仕《し》方《や》ない、儂が追い払いまっさ」

と、鉄砲兵から火縄銃を取り上げた。彼も「大和浪人」を名乗っているが、どうも五條近郷の百姓のようだ。その田中は、馴れた手付きで銃を操作し、たちまち弾込めを完了した。

田中が背後を振り返ると、戸梶がそこにいた。戸梶が剛刀を振り下ろす。

「あ」

と思った時には、すでに田中の頭は割れていた。

しかし、斬撃による痙攣が、銃爪《ひきがね》にかかっていた田中の指を動かした。

ダーン。

銃声が沸き起こって、戸梶が吹っ飛んだ。仰向けに斃れた戸梶は、顔が血に染まり、左の耳が千切れていた。

どうにか追手を振り切った吉村たちは、重坂村の庄屋屋敷に駆け込んだ。戸板に乗せられた吉村を見た庄屋の西尾清右衛門は仰天した。

「すぐにお医者はんのとこへ」

彼は深夜にもかかわらず、吉村を戸板から降ろすことなく、近在の町医の許に運び込んだ。

「何や、こんな夜中に」

いかにも迷惑そうな顔で出てきたのは、榎本スミという老女医だった。太腿から血を流す吉村を見て、

「ああ、お城下で暴《ほた》えとった土佐の阿呆どもか。何でこんなん助けた」

と清右衛門に毒づき、

「ホンマやったら、天朝さんに盾突く謀反人の手当てなんかはせんのやが、ええ男やから特別に診たる」

と口汚く言い放つと、吉村の袴を引き千切って患部を露わにした。どうやら、銃弾は吉村の太腿の肉を削っただけのようだ。

「これやったら、縫うたら終《しま》いや」

そう呟く老女医に、庄屋の清右衛門が、

「え、何なに。天朝さんが謀反人？　どういうこっちゃ」

と女医の発言に混乱していた。これはイカンと思った吉村が立ち上がろうとしたが、女医に押さえ込まれた。

「阿呆。動いたら傷口が開くがな」

そう言うと、女医は麻酔もせずにプスっと縫針を突き刺した。

「うぐっ」

激痛が走った。その激痛に耐えながら吉村は、別の意味で戦慄していた。天誅組が勅を失ったことを、こんな田舎女医ですら知っていた。とすると、今頃は五條や十津川にも鳴り響いていることだろう。そうなると十津川の有志が離脱するかもしれない。離脱するだけならまだしも、吉村を捕縛して公儀に突き出すかもしれないのだ。

「はい、終わり」

老女医がそう言って、今縫ったばかりの傷口をポンと叩いた、「うぎゃ」と呻く吉村。何をすると怒る隊士たちに、

「奥に一人、お前らの仲間が寝とる。連れて帰り」

と言うではないか。「え」と言って、奥の間を覗くと、そこには二十歳前の少年兵が寝ていた。見ると左の手首がなかった。隊士数名で寝台にしてある戸板ごと持ち上げると、寝ていた少年兵が目を醒まし

た。彼は吉村の姿を認めると、

「あ、吉村総裁」

と言い、敬礼するために立とうとした。だが、それは叶わなかった。その代わり、

「儂、川上村の諭吉、言いますねん。林先生の弟子ですねん」

と自己紹介した。諭吉という少年兵は、林豹吉郎率いる砲兵隊にいたようだ。彼は今朝の戦の初め、高取方の大砲で粉砕された大砲を操作していたのだ。吉村は、

「お前のような若い者にまで怪我をさせてしもて、済まんことだ」

と頭を下げた。驚いたのは諭吉少年だった。諭吉は目上の者から労《いた》わられたのが初めてだったようで、

「儂みたいな者《もん》に勿体ない」

を連発した。

その諭吉は、重坂峠の殿軍陣に帰る前に儚《はかな》くなった。吉村は、諭吉の遺体を家族の許に送り届けるよう命じ、わずかながらも弔慰金を出した。


八月二十七日。

夜襲に失敗した吉村と、それを重坂峠で待ち受けていた水郡ら河内勢が五條に戻ってきた。吉村は戸板にこそ乗せられていたが、いたって元気である。その吉村が杖に身を預けつつ、桜井寺の境内に入った。

しかし、そこに仲間たちはいなかった。寺の小僧に、

「みんなどこへ行った」

と訊くと、小僧は、「へえ」と頭を下げながら、

「天ノ川辻の御本陣にお戻りやて聞きました」

と答えた。さらに訊くと、昨日、戦から戻るやいなや出ていったというではないか。それが本当なら、本隊は吉村の夜襲の結果を確かめもせずに、五條を去ったことになる。

「吉村はん。儂ら、捨《ほか》されたみたいやな」

そう言って「ペッ」と唾を吐き捨てたのは水郡善之祐であった。

吉村は水郡のように怒りこそしなかったが、「マズいことをする」と悔やんだ。今回の戦いでは撃退されたが、完全に負けたわけではない。巻き返し戦を敢行して負けなければ、それは「勝利」である。しかし、五條の本陣を捨てたとなれば、傍目には立派な「敗戦《まけいくさ》」に映ってしまう。

「あれほど言ったのに」

天誅組の動向は、全国の志士の士気を上下させる。いくら苦しくても、戦う姿勢を取り続けなければいけないのだと、今までさんざん言い続けてきたことが無視されている。

若い忠光卿や、脱出論者の松本はともかく、武芸者で最も年嵩の藤本は何をしているのか。吉村は、藤本の胸ぐらを摑んで怒鳴りたい欲求に駆られた。

そこに、本隊から伝令がやって来た。

「吉村総裁と水郡奉行におかれましては、急ぎ天ノ川辻の御本陣までお退きください、との主将からのご伝言です」

「水郡さん。見捨てられたわけではないようですよ」

しかし水郡は「ふん、今更」と横を向いている。どうも水郡の臍は曲がったままのようだ。吉村にも水郡の腹立ちはよくわかる。しかし、ここで臍を曲げていても良いことなど何もない。そこで吉村は、

「水郡さん。諸々の不手際は、主将に成り代わって謝ります。ごめんなさい」

と言って深々と頭を下げた。水郡は、「やめてください」と嫌がったが、吉村は、

「僕らがここに居ても、高取や紀州の的になるだけです。連中はここを攻めるために町に火を放《かけ》るかもしれない。とすれば、五條の町衆に申し訳ないじゃないですか。お腹立ちはごもっともですが、ここは軍略だと思って天ノ川辻へ行きましょう」

と説得すると、「仕方ないですな」と同意した。

そこで吉村は、水郡を先に退去させつつ、懇意の町役人を呼び出した。何事かと飛んできた五條の町役人に吉村は、

「僕らがここに居残っていると、君たちの迷惑になるだろうから、天ノ川辻へ退くことにした。しかし、必ずここに戻ってくるので、君たちの手でここを守っていてほしい」

と頼んだ。町役人は「なんや、そんなことでっか」と安堵し、「お任せください」と胸を叩いた。しかし、見たところ、武器弾薬は運び出されており、何も残っていない。それに吉村も気づいたようで、

「と言ったものの、守ってもらうものが何もないな」

と苦笑いをした。気の毒になった町役人は、

「ほんなら、あの看板の守《も》りでもしてまひょか」

と言い、門に掲げられたままの「御政府」と書かれた木の板を指さした。吉村はそれには答えず「迷惑かけた」とだけ言い、頭を下げた。

五條を後にした吉村が天ノ川辻との中間点にある和田村までやって来た。そこでは、先行した水郡率いる荷駄隊が大休止していた。と、そこに主将付きの鶴田陶司という若い志士がやって来た。

「主将のお言いつけでお迎えに来ました」

「若御前はどうされておる」

「はい、まあお元気でお過ごしです」

何か歯切れが悪い。鶴田は、「いや、実は」と頭を掻きつつ、

「十津川衆が抜けました」

と申し訳なさそうに言った。鶴田が悪いわけではないが、本隊付きとしては言い難かったのだろう。しかし、吉村は、

「まあ、そうだろう。僕が野崎さんでもそうするよ」

と意外にもサバサバした調子でそう言った。

吉村は、十津川衆に対してずっと後ろめたさを感じていた。自ら十津川に足を運んで頭を下げたあの時、すでに勅を失っていたのだ。それを隠しての参陣要請は、「軍略だから仕方がない」では片づけられないほど重い痼《しこり》として吉村の心に澱《よど》んでいた。今からでも野崎に謝りたいくらいである。

「口では天地開闢以来の朝臣やとか言いながら、負けとなったら離脱かい」

そう言って片頬を歪めたのは水郡だった。吉村は「まさか河内党まで抜けるんじゃないだろうな」という疑念を抱いたが、水郡は、

「儂ら、帰りとうても帰られへん」

と寂しそうに言った。

確かに十津川は、郷内にも帰路上にも敵はおらず、割と気安く帰ることができる。しかも山深いため、わざわざ征伐しに来る奇特な藩などいないだろう。つまり、帰りさえすれば、日常の生活に戻れるのである。

しかし水郡の河内党は違う。まず、故郷に帰るには幕府や諸藩を蹴散らさなければならない。たとえ帰れたとしても、広闊な河内平野では守りようもない。一瞬で取り囲まれて、一族一村皆殺しになるだろう。すなわち、河内党は帰るに帰れないのだ。

半泣き顔の水郡を気の毒に思った吉村は、

「天ノ川辻で巻き返しましょう」

と励ました。が、水郡からは「はあ」と気乗りのしない返事しか返ってこなかった。

混乱

翌八月二十八日。

吉村と水郡の一行が天ノ川辻の本陣にたどり着くと、そこには誰もいなかった。不審に思った吉村が裏手に回ってみると、三十人ばかりが車座になって座っていた。脇に木製大砲が無造作に置かれていた。そのうちの一人が、

「あ、吉村総裁」

と言って立ち上がった。大砲方の林豹吉郎だった。林は笑みを浮かべたものの、その顔には疲れがへばり付いていた。

「ああ、林先生。若御前はどちらに」

「どうも、退去されたようで、このありさまです」

そう言うと林は、ぐるりと周囲を見渡した。一時は人でひしめいていた本陣前庭はただただガランとしていた。

そのガランとした中に、一際体格がよく、ギラギラする眼を怒らせている男がいた。吉村には見覚えのある顔だった。

「あなたは、確か……丹生社の橋本先生ではありませんか」

吉村に「橋本先生」と呼ばれた壮漢は「いかにも」と言い、むっくり立ち上がって、

「丹生大明神祀官、橋本若狭です」

と改めて自己紹介して一礼した。彼に従って、円座になっていた十数人の男たちが立ち上がって、同様に一礼した。橋本の配下のようだ。

橋本若狭といえば、前に天ノ川辻に来た時に合流してきた「今弁慶」とよばれる地元の豪傑で、

「丹生下市方面からの敵を防ぐべし」

と自ら防御策を買って出た有志ではなかったか。

あれから橋本は、地元に取って返すと、早速防塁の設置に取り掛かった。すなわち、防塁を築く場所の選定、防塁の規模や種類の決定、必要資材の選定から調達、それに工事人足の手配などである。まさに、灰神楽が立つような日々だった。

その防塁工事があらましできたところで、

「天誅組。高取城下において大敗」

という容易ならざる一報が入ってきた。

「なんやと、天辻に籠もってるんやなかったんかい。話が違うがな」

橋本若狭はそう喚《わめ》くと、「五條へ行くぞ」と言って慌ただしく神社を出た。彼のいる丹生社から五條に出るには、いったん西に向いて進み、天ノ川辻へ至る街道に出なければならない。

その街道上で、五條方面から逃げてきた砲術方の林豹吉郎とバッタリ出会った。同じ大和の志士として、両者には面識がある。林は黒い煤が付いた木製大砲を数門引いていた。

「あ、林先生。こんなとこで何を」

「いやあ、負けた。見事に負けた」

そう言って、どういうわけか楽しそうに笑った。

「で、林先生はこれからどこへ行かはるんですか」

そう訊いた橋本に林は、

「ご一行は、すでに天ノ川辻本陣に退《の》かはりました」

と南に聳《そび》える山岳を指さした。「儂らは大砲を引いとるさかい置いていかれたんや」とか何とか愚痴をこぼしたが、橋本は、

「一切合切何も言うてくれはらへんねんな」

と頭から湯気が立つほど腹が立ってしまっていた。

そんな橋本が天ノ川辻本陣に到着すると、いの一番に忠光卿の御座所に駆け込んだ。そこには、憔悴した忠光卿と、対照的に涼しい顔をした松本がいた。忠光卿は橋本の姿を認めると、そっと目を伏せた。

橋本は一応蹲踞《そんきょ》の姿勢を取りつつも、「卒爾ながら」と話を切り出した。話というより問詰と言った方が近い。

「なんで、高取攻めのことを言うてくれはらへんかったんですか」

これについては、松本が、

「急だったものですから。お知らせせずに申し訳なかった」

と頭を下げた。しかし、松本の表情には、

「あんたに言ったところで、どれだけのことができたのか」

と書いてあった。橋本が更に文句を言おうとする機先を制して、松本が、

「それより橋本先生。このままでは公儀の追撃に遭ってしまう。今も話をしていたのですが、十津川から新宮に出て、そこから長州へ落ちようかと思っておるのですが、いかに」

と言いだした。これに橋本は激怒し、

「なんやと」

と、座ったままの松本奎堂の胸ぐらを摑んだ。

そうならないために、五條口だけでなく、下市口へも防御を施してきたのではないか。あの防塁を築くために、橋本は私財を投げうったのだ。新宮へ出て船で長州へ落ちるとなれば、それらは全部無駄になる。そこに藤本鉄石が入ってきて、

「あ、何をしている」

と慌てて、橋本を引き剥がした。その上で、忠光卿に向き直り、

「十津川のみなさんが退去されました」

と言い、平伏した。

この知らせに、今の今まで怒っていた橋本が「え」と驚いた。

実は昨夜、十津川郷士の代表である野崎主計が、

「主将。ようも騙してくれましたな。ここに来た時から帝の勅はもうなかったっていうやないですか」

と怒鳴り込んできた。これに対して松本が冷然と、

「それはおかしい。吉村総裁がお誘いした時にお明かしししているはず」

と、この場にいない吉村のせいにした。今更言ったところでどうにもならない言い逃れである。当然のことながら、野崎は「そんな話は聞いていない」と一蹴し、

「十津川郷士は帝のご命令しか聴かん。それに、我々を虚仮《こけ》にするような方々とは一緒にはやれん」

と座を立った。

そして今朝、野崎は千二百人から九百人くらいに減じた郷士を引き連れ、陣を離れたという。そんな十津川郷士を、藤本は天誅組を代表して見送ってきたという。

藤本も、上座の忠光卿も悄然としてうつむいているが、ひとり松本だけは、

「十津川郷士が抜けた今、一刻も早く長州へ落ちるべきかと存ずるが」

と自論を展開した。この言葉に橋本が、

「ここで大和を捨《ほか》して逃げたら、今までの苦労は水の泡や」

と、忘れていた怒りを再燃させ、再度松本に食ってかかった。それでも松本はしれっとして、

「それが軍略というものです。主将を取られれば、それこそ戦は終わりです」

と言い放った。これに橋本が逆上し、

「阿呆か、儂らは若御前の家来とちゃうぞ。大将の首取られたかて、帝を担いでる限り、正義はこっちにあるんとちゃうんか」

と吼えて立ち上がり、今度は殴ろうとした。それを藤本が「やめよ」と大喝して、橋本の拳を握った。

橋本は、今度はその藤本に向かって、

「藤本総裁は一刀新流の皆伝でしたな。敵のまぐれ当たりが一本入ったからと言うて、降参しはりますのんか。腕はこっちの方が上なんですよ」

と問い詰めた。確かに、戦意に劣る高取藩の大砲が、偶然にも味方を直撃して総崩れとなった。いわば

ラッキーパンチを食らって思わぬダウンを喫したボクサーのようになったが、それで戦が終わったわけではない。

橋本の認識では、この戦は「関ケ原」や「山崎」のような一発勝負ではない。決定的に勝てないまでも、いつまでも負けない戦を続けるうちに、日本各地に反幕府の火の手が挙がり、幕府も天誅組だけに構っているわけにはいかなくなる。この戦いは、当初からそういう戦だったはずだ。

そういう趣旨の話を橋本がとうとうと述べたが、忠光卿は遂に何も言わなかった。そんな態度に橋本は、

「儂ら大和の者は、アンタらみたいにこっちがだめならあっちやっちゅうふうにホイホイと長州へ渡るわけにはいきまへん。せやから、ここに籠もってホンマの勤王を貫きます」

と静かに言った。一時の激情が去った後の言葉であるだけに、さすがの藤本も何も言えなかった。ところが、そんな空気を読めないのか、松本が、

「では橋本先生。我らが新宮に出て船に乗るまで、ここで敵を防いでください」

と本でも読むような調子で言い放った。この言葉に橋本は匙《さじ》を投げた。

「これ以上、こいつらのためには戦わん」

そう決めたので、返事もしなかった。

そんな橋本を御座所に置き去りにしたまま、本隊は南へ去った。

そういう経緯を聞いた吉村は、その場にペタリと座り、

「ご本陣の申しようは、先生の赤誠《せきせい》を踏みにじる所業です。御政府の総裁として謝罪します。すいません」

と言って、深々と頭を下げた。このところの吉村は、協力者に対して頭を下げてばかりいる。しかし、橋本は感激し、

「五條御政府にも人語を解するお方がおられた」

と泣いた。そこに、周辺を見回っていたのか、那須と池、それに安積が戻ってきた。那須も傷が癒えたようだ。

池は吉村を見つけると、

「あれ、生きてたんですか」

と趣味の悪い冗談を言い、那須が「うひひ」と笑った。安積は安積で、

「十津川衆も逃げたみてえだな。こりゃ、誰がどう見てもお終《しめ》えだなあ」

と言うとカラカラと笑った。その場にいた連中はムッとしたが、安積の人柄を知っている池内蔵太だけは、

「さては安積さん。何か思いつきましたね」

とニヤニヤしながら訊いてきた。安積は、「まあね」と言いながら、吉村に「総裁さんよ」と声を掛け、

「今の御政府は、どこからどう見ても落ち目のアップップーだ」

とわざと軽く言って片目をつぶり、

「俺《おい》ら自身がそう思ってんだから、敵さんも同じ思いだろうよ」

と言い継いだ。勘の良い吉村は、「安積さん、わかりましたよ」と言って微笑んだ。

敵も味方も「天誅組はもうだめだ」と思っている。特に敵は、やれやれ一件落着だと油断している。逆襲するならこの油断を衝くべしと、安積は言いたいのだ。吉村はゆっくり立ち上がりながら、

「五條を取り戻す。諸君、協力してくれたまえ」

と吼えた。これに、那須と池が「おう」と応じた。吉村と一緒に戻ってきた水郡たち河内党も、林の砲術隊も、橋本の下市隊も一瞬ポカンとしたが、すぐに「やったろやないけ」という、巻き舌気味の台詞が飛び出した。それに力を得た吉村は活発に動きだした。

まず、十津川郷へ去った本隊に「五條を奪還するので、帰ってこい」との伝令を出すとともに、鶴屋治兵衛の許に赴き、

「誠に厚顔ながら、再度兵を集めてほしい」

と頼み込んだ。今、天ノ川辻にいるのは、土佐派や河内党などの二百人程度である。それでは戦にならない。実は、鶴屋治兵衛も橋本若狭と同じ考えを持っており、天誅組幹部については、「水臭い」「恩知らず」「場当たり的」「しっかりせえ」という感情を抱いていた。それだけに、吉村の心意気に感激し、

「よろしおま。天辻周辺の百姓を総ざらえしまひょ」

と引き受けてくれた。

その一方、那須と池を使って五條方面に探索を出し、諸藩の動きを探らせた。さらに吉村は、紀州藩に書状を出した。宛先は紀州藩家老の水野大炊頭忠幹《おおいのかみただもと》である。

水野大炊頭はこの年二十五歳。紀伊徳川家家臣の身ながらも新宮三万五千石を領する大名でもある。紀州などの大藩には、こうした大名並みの所領と官位を持つ家老がいる。

吉村は、この殿様に向け、

「紀州は他の御三家とは違い、朝家に忠節を尽くすことで、間違いを犯し続ける徳川本家になり替わって尊皇攘夷の大功績を残すことができる」

と説いた。さらに、

「十津川郷士の方々とも、やはり紀州様は違う、と話をしていた」

とまで書いている。なだめすかしに誉め殺しの書状である。が、受け取った水野大炊頭はどう思っただろう。三万五千石の大名にとって、一介の土佐浪人からの教諭など笑止でしかなかっただろう。

当然、返事はない。

さて、ここらで天誅組を討つ側の動きを押さえておきたい。

八月十八日の政変の直後から、京都守護職に五條代官所焼き討ちに関する情報が入り始めている。その情報の中に、河内狭山の北条家など「被害者」たちからの詳報があった。この情報を元に、京都守護職は、

「朝廷の御用だと騙して歩いている浮浪どもがおり、その中には京を脱走した公家もいるようなので、何か言ってきても相手にせず、鎮圧せよ」

という指示を出している。この中で、特に「京を脱走した公家」と中山忠光を名指ししている点に注目したい。

京都守護職が恐れたのは、天誅組というより、八月十八日の政変で下野した長州藩だった。長州が都落ちする際に連れていった七卿と、天誅組が擁する過激公家が連携し、京洛奪還戦を起こされることだった。

この指示書は紀州藩に残っている史料であるが、同様のお達しが周辺各藩に撒かれている。その宛先は、郡山、高取、芝村、小泉、柳本、新庄、柳生といった大和諸藩に加え、近畿最大級の彦根藩と津藩にも出されている。

彦根藩は譜代筆頭井伊家三十万石の大藩で、数年前に大老井伊直弼を輩出している。一方の津藩は藤堂家三十二万石、外様筆頭の大大名である。本拠は伊勢と伊賀だが、大和国内に多くの飛び地領があり代官を置いている。

こうした天誅組討伐命令を受けた諸藩の石高を合計すると百五十万石にもなる。一万石当たりの動員力が二百五十人だとすれば、四万人に迫る大軍になる。人足軍属を入れれば十万に届くだろう。

さて、大和国内における最大の藩である郡山藩では、京都守護職からの命を受け、「天誅組討伐に関する打ち合わせをしよう」と大和の諸藩に声をかけた。ところが、どの藩も言を左右して兵を出したがらなかった。これにつき郡山藩は、

「諸藩が兵を出そうとしません。どうしましょう」

と密告とも泣き言ともつかない書状を京都守護職に出している。

そうこうするうちに、高取藩が襲われた。

高取藩では、天誅組に一番近い藩として、早い段階から息を殺してその動向を監視していた。その監視網に「奇襲の恐れあり」という情報がひっかかった。驚いた高取藩は、郡山藩の招集状を脇にどけて、全兵力を挙げて待ち伏せ戦法を取った。

これが功を奏して、天誅組の奇襲を二度にわたって撃退することができたのは既述のとおりである。

老中と京都守護職は、この勝利を嘉して感状を出している。それだけでなく、これ以降の従軍を免除した。高取藩にすれば、険しい吉野の山中を行軍せずに済んだだけでも大助かりである。

ことほどさように、幕府方も緒戦の勝利を重く見ていた。高取藩の勝利により、全国の不逞浪士が鳴りを潜め、京から追放した長州がおとなしくなれば、これ以上の安泰はないからだ。緒戦の結果が重要だと

いう認識は、期せずして吉村と同じだった。

いずれにしても、諸藩に対して討伐命令が発せられており、これ以降は郡山藩、紀州藩、津藩それに彦根藩といった近畿の大藩を相手とする苦しい戦いとなっていく。


さて、吉村が「五條を奪還する」と宣言したその頃、その五條には紀州藩がいた。

その他の藩も、津藩が五條の東に隣接する今井村、彦根藩が高取城下の下土佐村、郡山藩が下市村まで来てそれぞれ布陣している。そうした情報は、探索に出た池内蔵太から逐一届いていた。

「僕が言ったとおり吉野川北岸は敵だらけのようですよ」

池が楽しそうにそう言うと、那須は、

「ほたら、南岸は無人かいの」

と応じた。が、川の南側にも敵がいた。居たには居たが、それは紀州藩領内の恋野村という寒村に、わずかばかりが屯《たむろ》するだけだった。天誅組討伐部隊というより、藩領の守備隊であろう。

「景気づけに、一丁叩いとくかいのう」

那須はそう言うと、実に無造作に紀和国境を越えていった。ついていくのは配下の四、五十人ほどである。

那須は、彼らを指揮して突出した。闇夜に背後から頭を殴るような他愛もない奇襲だった。恋野村の紀州拠点は一瞬で崩壊した。こういう局地戦において、那須の無手勝流は無敵である。

この一報に、五條にいた紀州藩本隊は驚倒し、泡を食うように国境を越えて本国に逃げ帰っている。


この戦勝に、天ノ川辻にいた吉村は狂喜し、

「那須信吾こそ真の勇者なり」

と絶賛し、間髪入れずに、十津川にいる本隊に報知している。この時、天誅組本隊は、長殿《ながとの》という奥地への入り口にあたる村にいた。

その本隊には、吉村の戦勝報告を吹き飛ばすような知らせが舞い込んでいた。

「元中山侍従、去る五月に出奔。一族は彼と義絶し、彼の官位を返上した。しかるに彼は大和五條での一揆において『侍従』を私称し、無謀の行いをした。勅諚があると言っているが、全部彼の欺瞞《ぎまん》である。彼は国家の乱賊であるので、見つけ次第捕斬せよ」

なんと、朝廷からの中山忠光討伐令である。遂に朝廷は正式に天誅組を「賊」だと認定したのだ。この中に「官位を返上した」とあるが、これには解説が要る。

忠光卿は、馬関の攘夷戦に出る際、侍従という「官職」を投げうったと述べた。が、従五位下という「官位」はそのままだった。従って、天ノ川辻で庄屋連中に謁を与えた時は、侍従ではなかったが従五位下の殿上人ではあったのだ。それが今回、その従五位下という官位を、事実上「剥奪」されたことによ

り、天ノ川辻の庄屋連中と同じ地下人に落とされた、ということになる。

さらに、孝明帝ご自身が、

「十八日以降の勅だけが真の勅である」

と宣言されている。言い換えれば、八月十八日以前の勅は偽物だと宣言されたに等しい。つまり、

「大和行幸も嘘だったと言われたのだ」

と松本が解説した。忠光卿は上座で項垂《うなだ》れている。だが、松本は、

「そうは言うものの、これこそ薩摩と会津の陰謀ではないでしょうか」

と藤本に問いかけた。そう言われた藤本も、

「いかにもいかにも。畏れ多くも賢くも、時の天皇《すめらみこと》ご自身が斯様《かよう》な下世話な言葉を述べられるはずがない。それこそ、薩会の仕業だという何よりの証拠でござる」

と応じた。ことここに至っては、負け犬の遠吠えにしか聞こえないが、戦うにしても転進するにしても、主将たる忠光卿が意気消沈していては如何ともし難い。

松本と藤本は、忠光卿が元気を取り戻すようにと、威勢の良い空論を口にしているにすぎない。

そこに、更なる悪報が舞い込んできた。

「申し上げます。紀州藩が熊野川のすべての船着き場を押さえた模様です」

この知らせをもたらしたのは、十津川の有志だった。十津川は、郷としては天誅組と袂を分かつことに

なったが、その活動を支援し続けてくれている者が少なからずいる。その者たちからの通報である。

船着き場を押さえられたということは、川船で逃走を図ったとしても、上陸すべき川湊がない、ということである。紀州に向けて流れている熊野川は、全域にわたって河岸が断崖になっており、接岸できる箇所はわずかしかない。そのわずかな岸に湊が造られているのだが、それを全部押さえられたという。

吉村や那須ならば「適当なところで川に飛び込めば逃げられる」と考えるだろうが、目の見えない松本には想像もできない話だった。従って、

「どうやら、我らの行く手は塞がれてしまったようですな」

と諦観にも似た台詞が口を衝いて出た。藤本は、松本の気が変わったのかと思い、

「吉村さんたちが、五條にいた敵を追い払ったというではないですか。南へ向かうことができなくなった今、反転攻勢してみては」

と進言してみた。ところが松本は、

「確かに南は塞がれましたが、北にはもっとたくさんの敵がいる。どうせどこかを突破せねばならないのであれば、それは南ではないでしょうか」

とこれまでの方針に固執した。忠光卿はただただ爪を噛むばかりだった。忠光卿にはどちらが是か非かわからない。

そこに、「阪本付近で胡乱《うろん》の者あり」という一報が入った。

「とりあえず、ここを捨てて退がりましょう」

松本がそう言うと、藤本が「また退がるのか」と厭《いや》な顔をした。が、有効な対案などなかった。「仕方ない」と頷いた藤本の顔にも、諦観が貼り付いていた。

法福寺隊

暦は九月に入っている。

紀州藩では、恋野村での敗戦を恥とし、幕府から何か言われる前に雪辱を果たそうと、とっておきの部隊を投入してきた。その正式名称は「日本体育共和軍隊」というのだが、誰もそんな長ったらしい名で呼ばず、「法福寺隊」という通称で呼んでいる。

この隊を率いているのは創設者でもある北畠道龍《どうりゅう》という浄土真宗の僧侶である。道龍は若い頃から寺（法福寺）を弟に任せ、文武を究めるために諸国修学の旅に出ている。旅の途中、各地の志士たちと交流を持った。

その道龍が三十四歳の時、和歌山沖にオロシヤ船が出現するという事件があった。その際、藩は万余の大兵を海浜に集めながらも、ただただ息を潜めていた。その上、艦砲射撃の的にならないようにと、和歌山城の壁を黒く塗り潰すという腰の引けた対応を取った。

道龍は、

「もはや侍は頼むに足りず。儂ら有志で国を守らん」

と嘆じ、檀家の次男三男を集めて自警団を組織した。これこそ日本で初めて非武士で構成された民兵組織だった。同種の民兵組織としては、長州の奇兵隊が著名であるが、こちらはその奇兵隊に先駆けること三年、万延元（一八六〇）年の設立である。

この法福寺隊、後に起こった長州征伐に出征している。その際、奇兵隊と激突し、勝利しているのだ。これをもって、法福寺隊こそ日本一精強な民兵部隊と言っても過言ではないだろう。

情勢が逼迫した紀州藩としては、「満を持して」というより、「致し方なく」民兵を繰り出すしかなかったのだろう。

「天誅賊の本隊は十津川武蔵《むさし》村、先鋒隊が天ノ川辻に居るんやな」

そう念を押したのは、法福寺隊隊長の北畠道龍だった。道龍の諜報能力は高かった。十津川武蔵村には主将たる忠光卿がおり、天ノ川辻には吉村ら残留部隊がいた。その他、五條方面に別動隊が出没しているものの、その数は多くない。

その多くない敵に不意を打たれて、恋野村の留守隊が潰走している。その潰走に釣られるように、五條にいた本隊も逃げ帰っている。

「ふん、相変わらずふがいないのう」

諜報力に優れた道龍は、恋野村での敗戦についても調査していた。敵は夜に紛れて無言で突撃してきたという。その中に、

「土州浪人、那須道場師範、那須信吾じゃ」

と名乗る者がいたという。

「土佐の那須信吾っちゅうたら、執政吉田東洋を斬って脱藩した男やないか」

尊皇攘夷を信奉する道龍は、諸藩の志士のことに詳しかった。かといって、那須のことを尊敬したり憧憬したりはしていない。

「どうせ、土州の跳ね返りやろ」

道龍は、腰の抜けた武士を嫌っているが、だからといって、幕府や藩を抜きに攘夷ができるとも思っていなかった。なので、要人を暗殺して事態を変えようとする者は、

「辛抱の足らん阿呆や」

と思っていた。従って、那須信吾のことも「阿呆や」と思っている。さらに、那須が所属する土佐勤王党や、藩ごと過激に走った長州などは「大阿呆」だと思っている。

ではあるが、その「阿呆」に対する手当てをせねばならない。道龍は、

「連中には鉄砲がないらしい」

ということも摑んでいた。聞くと、高取城戦では、木で造った大砲を引っ張りだしてきたというではないか。

「ほんならこっちは、筒先を揃えて撃ちまくるまでや」

元々百姓や木樵《きこり》を集めた部隊である。最初から刀槍弓矢で戦う気も技《スキル》もない。敵より先に撃つ。戦術はこれだけである。

「で、那須某はまだ恋野のあたりに居るんか」

「いえ、いったんは天ノ川辻へ引き上げたようです」

「ほんなら、その天ノ川辻へでも行くか」

調べによると、五條や下市からの道には、いろいろと防備が施されているらしい。それをいちいち取り除いていくほど、道龍は呑気ではない。

「高野山の東麓から天ノ川辻へ攻め登る」

前述のとおり、高野山方面は山険しく谷深いため、天誅組の防御は施されていない。そのこともまた、調査済みである。

法福寺隊は朝晩すっかり寒くなった九月の高野山系に潜り込んだ。

ところが、その動きを那須信吾が摑んでいた。那須は、恋野村での戦勝後、自身は隊を率いて天ノ川辻に引き上げたが、数名の配下に紀州藩の様子を見張らせていたのだ。その諜報網に、

「紀州法福寺隊が来る」

という容易ならざる一報が引っかかった。

「何、北畠道龍殿が参陣されるのか」

吉村は道龍を知っていた。紀州という徳川御親藩にあって、

「侍のなんと情けないことよ」

と嘆いて、民兵による部隊を立ち上げた豪傑として記憶されていた。同じ尊攘を志す者として、また、非武士の志士として、吉村は北畠道龍を尊敬していた。しかも、彼が率いる法福寺隊は精強だというではないか。

「那須さん。どうやら寝た子を起こしてしまったようだ」

「ふん。起きたんなら、また寝てもらうまでよ」

吉村は、那須ほど楽観していない。

「全軍で叩きに行きましょうか」

「いんや、ぎょうさんおっても、山ン中じゃあ動けやぁせんきに」

那須はそう言い、

「土佐っぽだけ連れて行く」

と言い継いだ。確かに、予定戦場の幽山深谷に大砲は不要だろうし、荷駄もいらない。であれば、一騎

当千で無理も利く土佐人だけでいいだろう。

「その坊主の首を刎ねたらしまいじゃ」

であれば、那須一人でも事足りる。大仰な人数はかえって邪魔である。

那須は天ノ川辻から西に向けて足を踏みだした。天ノ川辻の西側は谷になっており、谷底を水が流れている。その川をたどれば筒香《つつが》という在に出る。筒香はすでに紀州である。那須はその筒香まで下りたところで物見を出した。物見兵は北側の山向こうに、天ノ川辻に向けて行軍する小隊を発見した。それこそ法福寺隊の先鋒隊だった。

法福寺隊の本隊は、高野山の南麓にある富貴《ふき》村に陣を敷いている。

位置関係を明確にすると、那須がいる筒香の真北に富貴村があり、富貴村から東に出たところに法福寺隊の先鋒隊がいる。その先鋒隊は、東へ進んでおり、その先には天ノ川辻がある。那須と法福寺先鋒隊は、山ひとつ隔ててすれ違ったことになる。

「それを行かせるわけにはいかんろう」

そう言うと、実に無造作に駆けだした。那須の一隊は、山を駆け上がり駆け下り、敵の先鋒隊にひたひたと迫った。

やがて、斜面の下に百姓臭い一団が見えた。ちょうど、小休止しているところだった。那須は物見に

「あれか」と短く問い、「はい」という返事の「は」まで聞いたところで、走りだした。

「きえー」

那須を先頭にした土佐兵二十が、奇声を上げて突撃すると、

「！」

と言葉にならない音を発して、敵兵は霧散した。自慢の鉄砲も捨てたまま、来た道を逃げていった。那須は「追うな」と命じ、戦利品を奪い取ると、

「筒香へ帰る」

と言い、往路と同じ道、同じ速度で引き上げた。


「ふうむ。敵は南西《ひつじさる》の方へ消えたんか」

敗残兵を受け入れた北畠道龍は混乱した。

先鋒隊を襲ったのは、手口からして天誅組であることは間違いない。ところが、連中は南西に去ったという。彼らは東の天ノ川辻にいたのではなかったか。

「ということは、敵が西と東にいるっちゅうことか。こりゃ下手すると挟み討ちに遭うかもしれんな」

その恐れはあるものの、南西へ去った敵は五十もいなかったというではないか。天ノ川辻にいる本隊にしてからが、千人もいないらしい。であれば、

「筒香方面《そっち》は『膏薬』でも貼っとくか」

と那須が逃げ去った方角に防塁を築き、そちら方面からの奇襲に備えることにした。

その直前、那須は奪い取った敵の兵器を見て、「うーむ」と考え込んでいた。彼らは、最新式の銃を持ち、戦術眼のよい将に率いられている。まともに戦って勝てる相手でもないし、ワーと脅して逃げてくれる手合いでもなさそうなのだ。

間違っても正面切っての戦闘はしてはいけないし、待ち伏せされてもいけない。もっと言うと、居所を察知されただけで命取りになりかねない。とすれば、常に居所を動かし、敵の視界の外にいなければならない。

「よっしゃ。移動や」

ちょうど、道龍が防塁の設置を命じた頃、那須は筒香を出た。そのまま法福寺隊のいる富貴村をぐるりと回り込み、敵の北側に移動した。そこは先日敵を蹴散らした恋野の村域になる。つまり、

「これで敵の背後《せなか》を取った」

ということになる。物見によると、法福寺隊は那須のいた筒香方向にせっせと防塁を築いているという。

「敵さんは、儂らに尻《けつ》向けて、穴を掘っちゅう。ははは」

那須は休まない。

その夜、那須隊は山中の隠れ家からソロリと出ると、山道を黙って行軍した。山を越えると富貴村である。村は法福寺隊を抱えて闇の中に沈んでいる。那須は、

「行くぜよ」

と言うや、自慢の長槍をしごいて、手近な百姓家に飛び込んだ。そこには法福寺隊の隊士が雑魚寝していた。彼らは昼間、山中での防塁造りに従事して、疲れ果てて寝込んでいた。そこに物も言わずに斬り込んだ。

「うわ」

飛び起きた敵兵は、那須の槍の餌食となり、次々と討たれていった。ようやく逃げだした隊員が、

「敵襲、敵襲」

と叫んだため、村中が大騒ぎになった。さすがに首領の北畠道龍は泰然としていたが、配下の百姓兵は浮足立ち、銃を執るどころか、防具もつけずに逃げだすありさまだった。その様子を見ていた那須は、

「民兵民兵っちゅうけんど、しょせんは百姓町民や。覚悟がなっちょらん」

とうそぶいた。

実は那須隊が斬り込んだのは、最初の百姓家だけだった。というのも、この夜の細い月には闇夜を照らす力がなく、土地勘のない場所でむやみに動く愚を避けたのだ。ではあるが、那須には成算があった。

闇夜に飛び出した法福寺隊士たちは、恐怖に駆られてめったやたらに刀を振り回し、銃を放った。それ

が味方に当たり、多大な怪我人が出た。そうなると今度は、

「敵やない、裏切りや」

というふうに叫び声が変わり、やがて全員がテンデンバラバラに逃げていった。那須は、不意打ちを食らった人間がどういう行動に出るか、よく知っていたのだ。

一方の北畠道龍は、ある意味冷静だった。敵の奇襲部隊が北から来たとなれば、

「南へ出るに如《し》かず」

と判断した。道龍は幕僚数名に守られて、自らの言のとおり、南へ落ちて行った。最終的に天狗木峠《てんぐき》まで逃げたと言われている。さすがの法福寺隊も、那須の無手勝流のために自壊した。

この戦勝は、戦況をガラリと変えた。

紀州藩は、法福寺隊でも勝てなかったことに衝撃を受け、

「これまでの人数では防戦もおぼつかない。熟練の鉄砲兵と大砲を急いで送ってほしい。さもなければ、高野山が敵に取られる」

という、今にも泣きだしそうな報告書が残っている。これにより紀州藩は、わずか数百人しかいない天誅組のために、総勢三千七百人を動員するはめになる。

一方、天誅組の方では、那須の快勝に吉村が躍り上がって喜んだ。

早速、武蔵村まで引き下がった本隊に使者を発した。

「九月五日、紀伊富貴村において紀州藩兵を痛撃し、高野山に押し戻しました」

「おお、でかした。さすがは吉村総裁」

そう上っ調子で大袈裟に応じたのは藤本だった。しかし、忠光卿は反応しなかった。松本もしれっとした顔をしている。そんな空気をよそに、伝令は報告の続きを口にした。

「引き続き、吉村総裁からのご伝言を申し上げます。敵が浮足立っている今こそ、五條を奪還する好機と覚えますれば、ご本陣におかれても我らと合流し、違勅不敬の公儀方に正義の一太刀を浴びせませんか。以上です」

「おお、その意気や良し。返事を与えるので、別室にて待て」

藤本がそう言って伝令を下がらせると、

「吉村さんが、五條への道を開いてくれた。南へ向かうことができなくなった今、反転攻勢してみませんか」

と進言した。これに慎重居士の松本が何か言おうとしたところ、忠光卿が、

「麿はこれ以上逃げるのは好かぬ」

と久々に自らの意志を表明した。

「松本、南には敵が少ないというが、仮に海まで出たとしても、その先の手配はしてへんのやろ。それやったら、雪隠詰めになる場所が山から浜に替わるだけや。その点、北には敵はぎょうさんおるが、どっ

かを突き破りさえしたら、あとは陸続きや。どこへでも逃げ放題やないか」

そう言うと忠光卿は、上目遣いで松本と藤本を見つめた。

「主将がそうお考えなら、我らはその道筋をつけるのみ」

そう言ったのは松本だった。松本にすれば、主将たる忠光卿がハッキリとした方針を示さないので、自分たちが忖度して献策していたのだ、と言わんばかりだった。ただ、松本の思考は安全第一に過ぎ、藤本にしても積極果敢とは言い難かった。

わずか十九歳の世間知らずの若公家に、生死を分ける大方針を示せと言う方が無茶である。今の忠光卿の意見にしても、これ以上奥地に行きたくない、という原始的な恐怖に駆られた発言で、政略でも軍略でもなく、戦術にすらなっていない。

そういう部分を見抜き、若者が正しい選択を行えるように指導するのが年長者の役目である。松本も藤本も私塾を主宰していたのに、その機能を果たさなかったのはどういうことだろうか。

「明日。吉村のとこへ行こう」

忠光卿が半ばヤケクソでそう言うと、いい年をした二人のオヤジが「はは」と頭を下げた。

一方、吉村は池内蔵太に命じて五條の様子を探らせている。その池が帰ってきて、

「那須さんのご活躍で、五條から紀州藩は出ていきましたけど、今度は津藩の藤堂兵が入ってきました

よ」

　と報告し、何がおかしいのか「うふふ」と笑った。

「内蔵太、何がそんなおかしいのだ」

「いやなに、津藩の大将が、僕らの悪逆非道ぶりを報告しようと、高札や回状を集めようとしたんですって。けど、こないだまで在陣してた紀州の連中が全部焼いてしまってた。『あいつら阿呆や』て言って悔しがってるんですよ。うふふ」

「別に面白い話ではないが」

　吉村がそう言うと、池は、

「それをね、僕に向かって言うんですよ。危うく、『いくらでも書き直しますよ』って言いそうになっちゃった」

　と言って更に笑った。どうやら、池は津藩の陣屋にまで潜り込んで取材してきたらしい。池といい那須といい、放胆すぎる。

　吉村は、敵の正体が津藩だとわかったので、今度はその津藩に向けて書状を書いた。

「今回の政変は会津の陰謀なので、いずれ雄藩が立ち上がって奸賊を討つでしょう。貴藩は尊皇の志高いと聞いていたが、今のような振る舞いをしていては、官軍に敵対しているように見られますよ」

　この書状を持って、渋谷伊與作という青年志士が使者に立った。彼は、常陸下館藩勘定方の家に生まれたが、勤王の志に衝き動かされ、脱藩して上洛した。今回の義挙では方広寺参集組だったというから、当初からの同志である。この渋谷を描写した文章が残っているので紹介すると、

「円目隆鼻、長高《たけ》く肉厚し。膂力《りょりょく》衆を超ゆ。世帯の大刀は刃渡り三尺三寸、重さ一貫八百目という。平生衆に接するや語呂喃々《なんなん》、童蒙《どうもう》の如し。しかして事に臨むや応対確乎、いささかも正義を失せず」

とある。背が高くて肉厚の体で、刃渡り一メートル重量七キロもある大刀を常に帯びていた。平素の物言いはたどたどしくて子供みたいだが、難事に当たると態度が明確で、正邪を間違うことがなかったという。わずか二十二歳の若者に対して、ちょっと褒めすぎの感がある。

津藩では、高札や回状といった物的証拠がなかったため、渋谷を証人として確保しようとした。しかし、渋谷は前述のとおりの堂々たる偉丈夫で、すべての役人が彼の捕縛をためらった。そこで渋谷を酒食でもてなし、寝込んだところを取り押さえた。三十万石の大藩のすることではない。

吉村の工作は、これに留まらなかった。

いったんは喧嘩別れになった十津川郷士へも書状を書いた。長文なので紹介しないが、吉村の後ろめたさや、申し訳なさが随所に滲み出ている。そのせいで、不必要なまでに長い手紙になっている。

これら吉村の「お手紙策戦」はいずれも功を奏しなかった。

白銀岳《しらかねだけ》

腰の重かった本隊が、吉村の待つ天ノ川辻へ戻ってきた。

九月六日の午後のことである。

藤本は吉村の奮戦を称え、これまでの経緯を謝罪したが、忠光卿も松本も黙したままだった。そんな様子を不審に思った吉村が藤本に「何かあったのか」と訊いたところ、

「若御前が勅勘を食らった。それに、熊野川の船着き場を紀州藩に押さえられたので、逃げ場がなくなったと思い込んでいるようだ」

という回答が返ってきた。

「船着き場、ですか」

「ああ、若御前は新宮へ出て、船で長州へ落ちようと思し召されていたんだが……」

「しかし、川筋を押さえられてしまった」

そう言うと吉村は、「そうですか」と言い、

「では、早速軍議を開きましょう」

と言い継いだ。それに藤本も同意した。

久々に三総裁が揃った軍議が開催された。軍議は、

「この際、多少の危険を犯しても五條を奪還し、勅を取り返す」

と主張する吉村に対し、

「勅を取り戻すのは都の同志に任せ、我々は長州へ脱するべし」

と反論する松本との論戦になった。

松本は、敵が待ち構えている五條など襲わずとも、手薄な下市や高野山へ出ればいいではないか、と主張した。しかし、吉村は、五條は天誅組の故地で、町民の支援も受けやすい。それに、今、五條に駐屯しているのは津藩の千人程度で、油断しきっていると主張して譲らなかった。

こうした膠着した会議においては、適当な折衷案が出されて、それに決着するということが往々にしてある。今回も、

「では、五條への道中にある和田村近辺に砦を築き、いったんはそこまで進みましょう」

ということになった。仲裁したのは藤本である。藤本は、吉村に対しては、

「和田まで行けば敵の様子もよくわかるし、臨機の対応も可能である」

と説き、松本には、

「和田まで出れば敵情がわかり、五條以外の脱出路を発見できるかもしれない」

と説得した。両者とも「天ノ川辻に居るよりマシか」という消極的な理由ながらも、応諾した。そこで藤本は、池内蔵太と安積五郎のコンビを呼び、

「すまんが、和田村の辺で砦を築いてほしい」

と頼んだ。池も安積も軍議の模様は知っており、藤本に「ご苦労さまですねえ」と言って笑った。その上で池は、

「本気の砦を造るんですか」

と訊いた。何をするにしても人手と金がかかる。松本の手前を繕うだけの砦づくりなら断ろうと思っていたのだ。しかし藤本は、

「はい、本気の砦を造ってください。きっと、役に立つ」

と言い切った。藤本に戦略に基づく信念があったわけではない。ここで幹部がグラつくのは良くないと思っただけであった。だが、人間通の安積五郎は藤本の内心を見破っていた。池と一緒に天ノ川辻本陣を出ると、「池ちゃん、ありゃあ嘘だね」と言いだした。

「藤本さんにしても、どっちが正しいかなんてわかんないのさ」

「じゃあ、どうします。適当な物をつくってお茶を濁しますか。金もないことだし」

二人には軍資金が提供されたが、それは人足の日当にしかならない少額だった。

「あっしに考えがある」

和田村まで来た二人は、かねてより顔見知りの庄屋を訪ね、

「御免よ、不便をかけるが、街道に関所を造らせてもらうよ」

と断って、五條へと続く川沿いの街道に立派な門を建てた。

「安積さん、まるで四谷の大木戸ですね」

「お、四谷の木戸を知ってるなんざ、アンタ、徒者《ただもの》じゃないね」

まるで弥次喜多道中である。それでも彼らはわずか半日で関所状の「砦」を建築した。安積は本隊へ戻るに際し、使役した棟梁に、

「念のために、ここで待っててくんねんかなあ」

と教蓮寺という浄土真宗の寺を指さして頼んだ。安積には、あの松本が「これは関所であって砦ではない、造り直してほしい」と言いだすだろうと思っていたからだ。


翌九月七日は曇天だった。

吉村は、忠光卿を中軍に置き、自らが先鋒を務め、進軍を開始した。この日の予定は、池と安積が造ったという和田村の砦までである。予定では、そこから物見を出し、五條の様子を窺うということだった。

だが、吉村は今夜、何が何でも夜襲をかける気でいた。

というのも、物見を出して敵情を探ったところで、その敵情をどう読むかで策戦が変わるからだ。松本のように安全第一の立場に立てば、仮に五條に敵がいなくても、「万一を慮れば」とか何とか言って、またぞろ十津川へ引き籠もりかねない。それより、勝敗を天に任せてとりあえず突出した方が、事態は好転

するると思っている。

その時、前方に正体不明の武装兵が出現した。

「敵だ」

吉村周辺の土佐兵がそう叫んで、手近な地物の陰に潜んで銃を構えた。吉村は放胆にも、路上で騎乗したまま「待て」と命じ、手を翳《かざ》して眼を凝らした。

「あれは蔦《つた》の紋か。ということは藤堂だな。数は……せいぜいが五百か」

吉村は中軍に向け伝令を飛ばした。伝令は忠光卿の許まですっ飛んでいき、

「前方に藤堂隊五百出現。ご注意ありたし」

と報告した。それにより、全軍停止し、戦闘態勢を取った。場所は安積五郎が棟梁を預けた教蓮寺のすぐ横で、和田の関所まであと少しという大日川《おびかわ》村の山中だった。

天誅組も慌てたが、藤堂隊の方はもっと慌てた。

この藤堂隊は斥候隊だった。藤堂藩では、天誅組が天ノ川辻村までの経路上にさまざまな防御設備を設置していることを承知していた。本格的な攻撃を前に、その規模や強度を偵察するために、戦術眼を有する士官に斥候をさせていたのである。後世、「将校斥候」と呼ばれる軍事活動である。その藤堂の斥候隊は六百人もいた。

藤堂隊は、正面の山中に天誅組を認めると、数丁ほども後退し、手近な社の境内に入り込んだ。そこで

迎撃態勢を取り、遠目から鉄砲を撃ってきた。

これが、いわゆる「大日川の戦い」の始まりである。

吉村は全軍を前に寄せ、鉄砲や弓を持っている者を最前線に置いた。その上で、那須を呼び寄せ、土佐兵を中心とした抜刀隊を組織させた。那須には、

「敵の銃撃の隙を突き突撃せよ」

と命じた。突撃の時期については、那須の目利きに任せた。那須は、三十人ほどの決死隊をまとめて、山中を山手の方に移動しつつ前進するが、敵の銃撃がなかなかやまない。

藤堂隊には天誅組のような勇気はないが、物量はあった。撃てども尽きないほど弾薬があったのだ。それを、後装式の新式銃でガンガン撃つので、さすがの那須も出かねている。それを見かねた安積五郎がそろりと陣を離れた。それを見ていた池は、

「あれれ、安積さん。逃げるつもりですか」

と茶化した。安積は、

「なあに、教蓮寺に忘れ物をしたんで、取りに行くだけよ」

と言って笑顔を返した。池は、

「ああ、それなら僕も行かないと」

と言い、安積にくっついて陣を出た。池には、安積がしようとしていることの見当がついているのだ。

途中、那須たち抜刀隊が立ち往生していた。そんな那須に、安積が、

「死に場所までご案内いたしやしょう」

と冗談を言ったが、那須は怖い顔を崩さず、無言で付いてきた。

安積は、いったん山中に入ると、獣道を通って例の教蓮寺の裏手にたどり着いた。教蓮寺は天誅組と藤堂隊の中間点にあって、頭上を銃弾がビュンビュン飛び交っている。

教蓮寺の中では、関所の普請を指揮した棟梁が、頭を隠して縮こまっていた。

「ああ、棟梁。すまなかったな」

安積がそう声を掛けると、何を思ったか「お助けを」と言って、頭の上で手を合わせて般若心経を唱えだした。呆れた安積が振り向くと、背後に鬼の表情の那須が仁王立ちになっていた。安積は棟梁に「この人は味方だよ」と言ってなだめたが、棟梁は、

「え、鬼と違《ちゃ》いまんのん」

と怖がった。

「そんなことより、社の裏手へ出る道を知らねえかい」

安積の問いかけに棟梁は、

「それやったら、こっちや」

と寺の裏山方向を指さした。

安積と池、それに那須の抜刀隊が、棟梁の背に付いて寺を出て、裏の山に入り込んだ。それから一刻ほど、藪をわさわさ漕ぎ進むと、突然河原に出た。見ると、藤堂隊が背中を向けて鉄砲を撃っている。背後に出たようだ。

物の本には、安積五郎が決死隊を率いて鎮国寺に出たとある。が、これは相当に怪しい。鎮国寺は確かに藤堂隊の背後に位置するが、戦闘地域の川向こうになる。隠密行動を取っているはずの奇襲隊が、わざわざ全身を晒してまで渡河する理由がないからだ。

那須は「行くど」と声を掛けると、手にした槍をきらめかせて、藤堂隊の背中に斬り込んだ。藤堂隊は背後から敵襲を受け、大混乱に陥った。

那須は、立派な鎧兜を被っている者を見ると、もれなく斬り付け、

「儂は土州那須道場の信吾っちゅうモンじゃ」

と名乗って回った。後に生き残った池が、

「あれはどういうつもりだったんでしょうね」

と長崎の亀山社中で語り、聞いていた坂本龍馬を泣き笑いさせた。

さて、背後を突かれた藤堂隊は、大混乱に陥った挙げ句、後ろも見ずに逃げ去った。その機を逃がさず吉村は、全軍に追撃を命じた。それまで、なけなしの銃弾を少しずつ撃っていた天誅組の兵たちは、荷物になり果てた銃を捨て、刀を抜いて駆けだした。

藤堂隊は途中にあった安積が造った関所を踏み破り、ついでに火を放って逃げた。その火は折からの風に煽られて、和田村全域に広がった。吉村率いる天誅組追撃隊は、火事が大きくなる前に関所を通過し、敵を追いに追った。

藤堂隊の方は、五條の本隊と連携し、吉野川の河原に銃隊を置き、天誅組の渡河を阻んだ。それでも突撃しようとする吉村に、池が、

「吉村さん。今日のところは、これで満足すべきですよ」

と諫めた。確かに、これ以上の深追いは、藤堂兵の狙撃の的になるだけだろう。

吉村の追撃隊は、吉野川の河畔で勝鬨を上げ、意気揚々と和田村に引き上げた。

ところが、和田村に本隊はいなかった。

そこに、居残っていた安積五郎がやって来て、

「若御前からの伝言があるんだ……」

と言いにくそうに告げた。吉村は伝言を聞くことなく、

「で、若御前はどこへ行かれた。天ノ川辻へ帰られたのか」

と先回りして訊いた。安積は「いんや」とやんわり否定し、

「白銀岳ですって」

と告げた。吉村は思わず、

「何それ。どこよそれ」

と首を捻った。言った安積も知らなかった。そこに和田村庄屋が煤塗れの顔でやって来た。「ああ、吉村はん」と言いながら、

「藤堂の奴ら、火ぃ掛けやがって、エライこってすわ」

と手ぬぐいで煤を拭った。それには構わず吉村が、

「若御前が白銀岳に行かれたとか。それはどこです」

と訊いた。庄屋は「ああ」と言いながら、東の空を指さした。そこには、濃い緑に覆われた山塊がうずくまっている。

「あの山か」

細かいことを言えば、和田村から見える山は竜王山で、忠光卿が赴いた白銀岳というのは、その竜王山と尾根続きの隣山である。標高が六百二十メートルもあるのだが、吉村が立っている場所自体の標高が四百メートルなので、体感としては二百二十メートル程度である。低山といっていい。

それでも、吉村としては、

「何でまた、あんな山の上に」

と溜め息をつく思いだった。とは言うものの、何となく想像はつく。慎重居士の松本あたりが、

「やはりここは危のうございます。天ノ川辻まで退去しようとは言いませんが、もそっと要害の良いとこ

ろへお移りなされた方がよろしゅうございましょう」

とでも言ったのだろう。忠光卿にしても、攻め込むはずが野戦になり、ちょっと怖かったのではないか。

忠光卿は数多くの修羅場や戦場に出ている。長州馬関では砲台を指揮しようとまでした。しかし、よく考えると、忠光卿が出た現場というのは、自分が完全に有利な立場で、かつ安全地帯に身を置ける場所ばかりだった。

それが今回は、「安全」などどこを探してもない野戦場に居て、敵は全員自分を的に鉄砲を撃ってきた。その重圧、その恐怖たるやいかばかりか。それは松本にしても同じで、特に彼は眼が見えないので、その恐怖心も倍増するのではないだろうか。

頼みとするのは藤本鉄石であるが、彼は免許皆伝を受けるほどの剣術の腕と、人に教授するほどの兵法知識がある。しかしそれは道場内での技術であり、机上の論である。実際の戦場に出て、藤本も己の技術と知識が「習い事」の域を出ないことに気が付いたのかもしれない。

それと真逆なのが、那須信吾と池内蔵太だろう。彼らは、松本や藤本のような先生先輩に物事の基本を習いながらも、現実においては教科書を軽々と飛び越え、赫々《かっかく》たる実績を残している。そんなことを考えている吉村虎太郎もそうである。

「ま、行ってしまったものは仕方ない。安積さん、僕らも行くとしますか」

そう言って吉村は立ち上がった。実は、隠してはいるが、まだ足が痛むのだ。その足に力を入れて、ヒラリと馬に飛び乗ると、東の山を見上げた。

天誅組の本陣は、まだ日のあるうちに白銀岳に移動した。誰の顔にも「やれやれ死地を脱した」という安堵が広がっていた。そんな中、藤本鉄石だけは、

「五條へ向かわず、こんな山中に逃れて良かったのか」

という自問を続けていた。

半分は後悔なのだが、では、ここへ来る以上の名案があったかと問われれば、首を傾げざるを得ない。事実、吉村は五條を奪還できなかった。あのまま、全軍で追撃していれば、吉野川畔で津藩自慢の新式銃の餌食になっていただろう。

かと言って、こんな山中に逃げ込んで良いはずもない。しかし、藤本は見てしまったのだ。あの時の忠光卿を。

和田村の手前で「敵襲」という声に驚き、ハッと振り返った時にはすでに、忠光卿は固まっていた。その顔には、恐怖と諦観と絶望のすべてが入り混じった、実に複雑な表情が貼り付いていたのだ。

敵襲を受けるのは二度目である。

最初に対戦した高取藩は、大小の砲撃を加えてきた。しかし、あれは誰を狙うでもない、漫然とした攻

撃だった。

ところが今度の敵は、明確に「五條御政府主将」を狙って撃ってきた。諸事敏感な忠光卿が、そのことに気づかないはずがない。気づいたからこそ、心が落ちた。あの銃撃で、忠光卿から戦意をはじめとするすべての積極性が蒸発したのだ。

そんな気配を、あの松本が見逃すはずがない。彼は眼が見えない分、他の感覚が鋭敏になっている。しかも彼は、元々が長州転進論者である。今回の五條攻撃にしても、吉村が松本を論破したのではなく、

「五條を陥落させれば、落ち延びる経路が増える」

と言う藤本の説得に、松本が苦笑いをしながら首を縦に振ったから実現したのだ。しかし、五條奪還が困難となった今、説得の前提が崩れた。

それでも主将たる忠光卿に戦意があれば、松本の意見を封殺することもできた。そうすれば、もっといろんな可能性が増えたはずなのだ。しかし、その主将の心はポッキリ折れてしまった。

あの時、松本は、

「安全な場所に退きましょう」

と忠光卿に言いながら、その背中で「異議は認めませんよ」と藤本に釘を刺していた。釘を刺された藤本は、その釘を抜こうとはしなかった。

「覚悟が足りんのだ」

藤本が、客観的に「藤本総裁」を見たとき、この一言しか思い浮かばない。松本のように早々に諦めて長州へ逃げ込むべきか、吉村のように徹底抗戦すべきか、藤本にはわからない。しかし、藤本はわかっている。吉村か松本かの選択の問題ではないことを。

要は、自分には「何がしたいのか」がないのだ。

藤本が逡巡しているうちに、松本の後退論が黙認され、橋本若狭が強烈に薦めたこの白銀岳に登ってきた。この白銀岳は、先月末に橋本が私財を投じて整備した防塁の一つである。橋本は大時代的な人物なので、自慢の屋敷に主君を招く寵臣の気分を味わいたかったのかもしれない。

白銀岳は「岳」というだけに山の天辺なのだが、特に高山というわけでもなく、尾根道が通っており、兵の出し入れもしやすい。東に降りれば丹生社があり、下市も遠くない。また、今登ってきた西の麓には和田村があり、五條にも天ノ川辻にも近い。

その和田村から吉村が殺気立った一隊とともに上がってきた。藤本は、「吉村来る」の一報を聞くや、一番に陣屋を飛び出し、にわかづくりの柵門まで走って出迎えた。

案に相違して吉村は穏やかな顔をしていた。それでも藤本は、

「吉村さん。すまん」

と謝った。吉村は痛む足を庇うようにソロソロと下馬し、

「ま、仕方ないですね」

と言って苦笑した。その苦笑が終わらないうちに、

「軍議をお願いします」

と申し出た。藤本としても、それは望むところだった。

実は、橋本若狭の鼻息が荒く、

「何が何でも下市を落とすべし」

と言い募っていた。それに対して松本が、例の調子で「討って出るなど危険極まる」と難色を示しているのだ。正反対の極論を闘わせる二人を、藤本にはさばけなかった。

「あ、吉村総裁」

そう言って笑顔で迎えたのは橋本若狭だった。吉村は、那須と池、それに河内党の水郡を従えて陣屋に入った。吉村は橋本も松本も無視して忠光卿に、

「若御前。これからどうしましょうかねえ」

と言いながらドカリと座った。吉村にすれば、先日の高取でも今日の戦いでも、最前線に置き捨てられたという思いがある。特に、今日などは勝ち戦だったにもかかわらず、見捨てられた。それもひとえに、忠光卿の腰が定まらないからだと思っている。

「ま、麿は……」

忠光卿は何か言おうとして、結局は黙り込んだ。そんな忠光卿に松本が、

「若御前。長州へ行きたいと言うことは、卑怯でも臆病でもありませんよ。この際、お胸に秘めた思いを我らにお示しください」

と言った。松本にしても、自分が主張する「長州転進策」を隊の総論にしたかった。松本は良い機会だと思い、思っていることを吐露した。

「吉村さん。ここで諸藩を相手に戦ってどうなりますか。ここで我々が奮戦すれば全国の志士が立ち上がると仰せですが、世の中、そんなに甘くない。今やこの戦は、人材と軍糧を消耗するだけの不毛な戦いに成り果てている。そろそろやめにしませんか」

しかし、吉村は微笑するばかりで否定も肯定もしなかった。松本は目が見えないだけに、吉村の表情がわからない。そのため、自分の今の話が通じたか不安になり、さらに言い募った。

「私の見えない目には、吉村さん。あなたは、公儀や諸藩に一泡吹かせるためだけ、まさに意地だけで戦っているように見える。違いますか」

それでも吉村は微笑むだけだった。

「そんな無益な戦いなど、今すぐやめて、庶民に変装して長州へ落ち延びましょう。長州には仲間が大勢いる。一藩全部が同志だと言ってもいい。そこで捲土重来を期すべきだ。特に若御前はまだ二十歳前だ。我々には、若御前に輝かしい未来《ゆくすえ》をお迎えいただく義務《つとめ》があるんじゃないですか」

それでも、吉村は無言だった。そこに、伝令が飛んできた。

「申し上げます。下市の彦根藩兵がこちらに向け進発しました」

これにいち早く反応したのは吉村だった。

「よし、迎撃する。橋本先生、下市との間で、待ち伏せできる場所はありますか」

「樺ノ木峠《かばのき》ですな。ここと下市のちょうど真ん中、下市への近道に当たります」

「よし、橋本先生。撃って出よう」

そう言うと、吉村と橋本が立ち上がった。間髪入れずに水郡も立ち上がり、

「儂も行く。こんなとこで昼寝するために河内から来たんやない。今こそ、勤王魂を見せつけたる」

と松本にあてつけるように叫んだ。彼は、二言目には「長州」だの「転進」だの言う松本を嫌ってい
る。

ところが、それまでじっとしていた安積五郎が、

「吉村さん。アンタは行っちゃいけねえよ」

と言いだした。「え」という顔をする吉村に、安積は、

「まだ、足が痛いんじゃねえのかい」

と言い、片目をつぶった。その脇から池内蔵太も、

「そうですよ、吉村さん。そんな足じゃ、皆さんの足手まといになっちゃいますよ」

と言って「うふふ」と笑った。そんな池と安積のコンビに何かを感じた吉村は、

「そ、そうか……、そうだな」

と頷き、「じゃ、ここは橋本さんたちにお任せするか」と言い、わざとらしく「ああ痛い痛い」と足を摩りながら陣屋を出た。すぐに水郡と橋本が「大丈夫ですか」と追ってきた。そこに池と安積も出てきた。吉村は、安積に向かって、

「安積さんも策士だねえ」

と笑顔を向けた。安積は「ここに」と言って地面を指さし、

「動かねえ本陣を据えておけるのは吉村さんだけだ。ねえ、池ちゃん」

と言い、池に同意を求めた。

「その通り。吉村さんは本陣で総裁の仕事をしてもらわなくっちゃ」

そこまで言われると、水郡も橋本も合点した。吉村が隊を率いて出陣すると、またぞろ本隊は吉村たちを置いてきぼりにして後退してしまうだろう。それをさせないためには、吉村自身が本隊に居るしかない、というわけだ。

「水郡さん。お察しのとおりだ。すまんが、橋本先生と一緒に下市から来る敵を撃退してほしい。頼めるかな」

「承知した。儂も、吉村さんがここに居《お》ってくれはった方が、後ろを気にしもって戦《いくさ》せんで済む」

そう言って水郡は珍しく笑った。

樺ノ木峠と広橋峠

翌九月八日。

水郡善之祐率いる河内党と橋本若狭率いる下市勢が樺ノ木峠に到着した。この辺もわずかながら、橋本若狭による防塁がある。両隊がそこに籠もった時、彦根藩兵がやって来た。ざっと千人の大部隊である。

「橋本はん。これはしんどい戦になりそうでんな」

水郡は敵陣を見ながら河内党を配置していく。橋本若狭は河内党が埋め切れない箇所に兵を配置した。全員、執銃している。

天誅組立ち上げ当初、銃の数は多くなかった。その後、河内狭山藩や高取藩から多大な提供を受け、数は増えた。しかもそれらはみなゲベール銃だった。そのゲベール銃もこれまでの戦闘でその大半を失った。

その分を埋めたのは、十津川郷や天ノ川辻村で徴発したものだった。ただ、大半が狩猟用だった。狩猟用は先込めの旧式で、射程も短い。つまりは火縄銃である。その上、銃弾の数も潤沢とは言えなかった。対する彦根藩の方は後装式の新式銃で、天誅組が持つ猟銃の何倍も速く射つことができた。その上、兵数が五倍も多い。ただ、戦意に乏しく、腰が引けていた。

腰が引ける理由として、「天誅組は死兵である」という認識があったことにある。死兵とは、死を怖れず突撃してくる兵のことを言う。そんな阿呆な敵と渡り合って、たとえ勝ったとしても、褒美はないのである。誰が死に物狂いで頑張ろうと思うだろうか。

彦根藩としては、遠目から鉄砲を撃ち、天誅組の突撃を未然に防ぎつつ、陣地を前進させていくことが、唯一にして最大の策戦である。一方の天誅組としては、その銃弾を掻い潜っての突撃を狙っている。

が、なかなかその機会が巡ってこない。

「ちくしょう、こんな時、大砲でもあったらなあ」

と水郡がぼやいた時、

「へい、お待ち。その大砲、持ってきましたで」

と言いながら、大砲隊の林豹吉郎がやって来た。

「吉村はんから『行け』て言われて、来ましてん。松本さんは『行くな』っちゅうし、難儀しましたで」

水郡は大砲隊の援軍を喜び、

「林さん、敵はあっこでっさかい、届くとっから撃っとくんなはれ」

と頼んだ。林は「ほな」と言いつつ首を周回させ、

「あの山にします」

というと、東側の尾根に走っていった。彼の後をゴロゴロと大砲を引いた一隊が駆けていく。彼らが持ってきたのは例の木製大砲である。そこから、その辺の寺の鐘を鋳潰して作った歪《いびつ》な砲弾を撃ちだすの

である。

そこに、本陣にいる吉村から伝令が来た。

「下市村から敵が発進。丹生社方面に向け行軍中。本陣から迎撃隊を出した」

それを聞いた水郡は、すぐに橋本を呼び寄せ、

「橋本さんの家の方に敵が来るらしい。すぐに向かわれよ」

と薦めた。橋本は「え」と驚きつつも、ぐるっと周囲を見渡し、

「儂らが抜けたら、ここが危ういんやないか」

と心配した。だが水郡は、

「こっちは林さんがいるし大丈夫や。それより、早う行ったげて」

と橋本の背中を押すように送りだした。橋本は大慌てで配下を集め、東の斜面を転がり降りていった。

橋本の一隊が抜けたが、水郡はよく戦った。確かに、突撃の機会こそ失われたが、彦根藩兵が目に見えて前進することもなかった。水郡隊の戦意の高さと、林の木製大砲が効果を発揮しているからだ。

一方の彦根藩の方には、一切の「焦り」がなかった。功を焦っていないし、進めないことに焦っているわけでもなかった。ただただ、事務的に戦争をしていただけである。

彦根藩にとってのこの戦は、「頼まれ仕事」以外の何ものでもない。勝ったとしても、ろくな褒美が出ないこともわかっている。先般、天誅組の奇襲を撃退した高取藩が貰った褒美は、以降の戦役免除だけ

だった。多数の死傷者を出してその程度なら、褒美などいらないから戦はしたくない、と思うのが人情である。

それに彦根隊は、天誅組とは比較にならないほど戦備が充実しており、何をどうやっても負ける気遣いがない。敵が後退するまで鉄砲を撃ち続けていても構わないのだ。しかし、譜代筆頭という面子があるので、

「間違っても、後退させられることのないように」

ということになる。最初のうちは、銃撃しつつ前進するという「寄り切り戦法」が有効だった。しかし、敵方が大砲を撃ちだしてからは、前進できなくなった。そこで戦法を変え、こちらも大砲を持ち出すことにした。

大砲を据えるについて、彦根藩では樺ノ木峠の西にある峰に眼をつけていた。そこは樺ノ木峠より若干標高が高く、敵を見下ろすことができた。その山上には波比賣《はひめ》神社という古社が建っており、境内があるため平らだった。彦根藩の砲兵隊は、その狭い境内に大砲を設置した。

「そろそろ、頃合いか」

水郡は斬り込みを決断した。このまま、チビチビと鉄砲を撃っていても、大した効果は上がらず、時間と弾薬を浪費するばかりである。ここで全員が銃を置いて森に入り、藪を漕ぎつつ敵に肉薄すれば、面白い戦になると踏んだのだ。

「よし」

そう言って采配を振ろうとしたその瞬間、彼の目の前に砲弾が落下した。爆音と衝撃波が水郡を襲い、一間ほども飛ばされた。怪我はなかったが、度肝を抜かれた水郡は、慌てて全員に「伏せよ」と命じた。

全員がその場にしゃがみこむと同時に、二発目が着弾した。「狙われている」と思ったが、次の砲弾は水郡らの遥か頭上を飛んでいった。それが着弾した地点には林隊がいた。

「ぎゃあ」

微かに悲鳴が聞こえ、遠目にも林隊が恐慌に陥ったことがわかった。それ以降、林隊からの砲撃がやんだ。大砲による援護射撃なしで突撃はできない。「もはやこれまで」と見切った水郡は、「退け」と怒鳴った。

さて、広橋峠に向かった橋本若狭は混乱していた。

というのも、広橋峠から銃声が聞こえてきたからだ。銃撃戦になっているということは、敵だけではなく味方もいるということだ。

橋本はいきなり敵の目の前に出ないように迂回し、広橋峠の南側から山頂に近づいた。その山頂付近には那須信吾がいた。吉村が出したと言っていた応援は、那須だった。那須隊は、物陰に隠れて射撃していた。

「那須さん」

橋本がそう声を掛けると、

「おう、地主さんのおでましやき」

と意外に明るい声で迎えてくれた。見ると、いかにも百姓でございます、という兵が五十人ばかり、おぼつかない手付きで鉄砲を操作している。構えも狙いも滅茶苦茶である。

「敵は郡山藩か」

「ああ。いや、郡山だけやないき。なんちゃあ、見たことのない旗もあるぜよ」

橋本が腹ばいになって前線まで這《は》い進むと、敵の旗指物が見えた。そこには「花菱」と言われる紋が染め抜かれており、物見の報告どおり郡山十五万石を領する柳沢家のものであった。その旗の脇に、別の旗指物も見えた。

「あれは、『違い鷹の羽』の紋やな。大和小泉の片桐はんやな」

現在の大和郡山市域にある小泉という在に陣屋を構える片桐家の家紋であった。片桐氏は一万一千石で、豊臣秀頼の家老だった片桐且元の弟の家である。

「両方足して十六万石かい」

那須はそううそぶくと、手にした鉄砲をろくに狙いもせずに撃った。それでも、敵兵に命中したのか、着弾点付近で盛大な悲鳴が上がった。那須は「あはは、当たった」と無邪気に笑っている。

那須は連れてきた百姓兵を適当に配置して、統制することなく銃撃させていた。橋本がざっと見ただけでも、穴だらけの布陣である。その穴を埋めるように、手勢を配置すると、それまで前進していた敵の足が止まった。

それを見た那須が、「こいつらを頼んます」と隣にいた百姓兵を指さし、

「ちょっと行ってくるがで」

と脇に置いてあった槍を拾い上げた。

那須は弾丸が飛び交う中を、ひょいひょいと地物伝いに最前線に出ていった。戦場では、時に敵味方の銃声がピタリとやむ瞬間がある。那須はその刹那を捉えて、脱兎の如く駆けだした。

「うりゃ」

という掛け声とともに、那須は敵兵が胸壁にしていた土嚢を飛び越えた。

驚いたのは敵兵である。天を衝くような壮漢《おおおとこ》が、大槍を抱えて飛んできたのだ。「わ」と言う間もなく、何人かが串刺しにされた。恐慌に陥った敵兵は、銃を捨てて逃げだした。那須はあえて追わない。

その期を捉えて橋本が、

「それ今や」

と全員に突撃を命じた。天誅組は全員が全速力で走って、敵が放棄した塁に飛び込んだ。塁の中では那須が、血に濡れた槍の穂を死体のふんどしで拭っていた。

「さすがは土佐の道場主やな」

「ぬはは。こう見えて、宝蔵院流槍術の師範やきに」

前線の塁を奪われた郡山小泉連合軍だったが、全然慌てていなかった。血相変えて逃げ戻った兵を収容しつつ、陣形を変えようとしていた。これまでは、峠を確保するため、包み込むような陣形だったのを、引き締めようとしていた。唯一の例外は、砲兵隊だった。

この少し前、周辺を偵察していた小泉藩の斥候隊から、

「敵を横撃できる高地を確保しました」

との報告があり、砲兵隊を派遣したばかりだったのだ。斥候が見つけてきた高地は、広橋峠の横の峰で、大砲を設置できる程度の広場があった。諸藩の取る戦法は、あっちもこっちもよく似ている。というのも、それが最も安全な策だからだ。

やがて、その峰から初弾が発せられた。しかし、樺ノ木峠と違い、大砲隊の照準が甘く、橋本たちが潜んでいる地点の遥か後方に着弾した。

ところが、これに橋本が過剰な反応を示した。

「那須さん、退路を断たれるぞ」

橋本は、敵が自分たちと天誅組本陣を繋ぐ街道を撃ち崩そうとしている、とみたのだ。天誅組本陣から直接広橋峠に来た那須にも、それはわかった。しかも、その途中には橋本が祀官を務める丹生社がある。

「仕方がない。ここは退くろうか」

「はい。せやけど、白銀岳まで退いてしもたら、ここら一帯は敵の手に落ちます」

そう言うと橋本は、

「とりあえず、この峠の下の長谷《ながたに》っちゅう村まで退きまひょ」

と言い、那須の返事も聞かずに走りだした。那須は、「おいおい」と呼び止めたが、橋本は振り返りもせずに駆けていく。よほど、後方に気になることがあるのだろう。仕方なく那須は、その辺にいた隊士を集め、

「長谷まで退く。死人は放って、怪我人は連れていけ」

と短く命じた。それを聞いた下市勢の兵は、

「長谷っちゅうたら、橋本はんの家がある在でんがな」

と半笑いになり、

「ああ見えて橋本はんは、嫁に頭が上がらんのや」

と言って本格的に笑った。那須が属する土佐勤王党ならば、「お前《まん》は、公より私を先にしゆうか」と斬り殺される場面なのだが、ここの連中は誰もそんな無粋を言わなかった。そんな下市勢のありさまを見て、那須は、

「勤王や討幕やっちゅうて、嫁には勝てんがで」

と言って笑った。同じ入婿同士、橋本の苦衷を察したのであろう。そういえば、土佐勤王党の武市半平太も恐妻家だった。みんな、嫁に気兼ねしつつ奔走しているのだ。

一方、彦根藩の砲撃に追われ、樺ノ木峠を放棄した水郡は、白銀岳本陣の手前をさ迷っていた。本陣に帰れば、松本が冷ややかな視線を投げてくるだろう。悪くすると、

「水郡さんでも敵わぬ相手です。今すぐ長州への退き口を探すべきです」

と言いかねない。そう言われても、敗軍の将となった水郡には言い返すすべがない。その上、吉村に慰められたりすれば、水郡の自我が崩壊するだろう。なので、水郡は、本陣まで退かず、その一歩手前の平《ひら》沼田《ぬまた》という山村で足を止めた。

その日のうちに吉村には一報を入れてある。吉村からは、

「広橋峠に向かった橋本勢は敗退したが、長谷村で踏ん張っている。白銀岳の本陣を守るためにも、長谷と平沼田の線で支えてほしい」

と言ってきた。ここで諸藩を恐れて、水郡隊と橋本隊を撤退させてしまえば、それこそ白銀岳で最終決戦を迎えることになる。それより、小隊を山間部に隠しておけば、敵前線を攪乱《かくらん》し、奔命に疲れさせることができる。それに諸藩は、橋本や水郡の遊撃隊を放置したまま、この本陣に迫る勇気はないだろう。

吉村には、諸藩首脳部の考え方が手に取るように読めた。読めないのは自軍の方である。長州転退論者

の松本はわかりやすいのだが、藤本がよくわからない。

口では吉村の肩を持つようなことや勇ましいことを言うのだが、松本に「退がりましょう」と言われると、諾諾と従ったりするのだ。

今日も、広橋峠に郡山藩兵が出たと聞いたとき、吉村は本陣全軍で突撃すべしと思った。榫ノ木峠の彦根藩は大軍だが、郡山藩程度なら死ぬ気で突入すれば活路が見いだせると思ったのだ。しかし、いつものように松本が、

「それは危険すぎる」

と反対した。軍学者である藤本からも、

「吉村総裁。それは戦力の逐次投入だ。よした方がいい」

と止められた。「戦力の逐次投入」とは、戦況に釣られて戦力を小出しにすることをいう。戦力を小分けにしてポツリポツリと出撃させると、それぞれ個別に撃破されて滅亡する。一般に「必敗の戦術」といわれている愚手である。

吉村にもこれが下策だという自覚はある。それでも。前線で頑張っている水郡や橋本を見捨てることができず、那須に小隊を預けて送りだした。

そうなると、今度は松本が、

「そっちで抗戦しているうちに、天ノ川辻まで退きましょう」

と言いだした。ところが、これに藤本が「だめだ」と反対した。なぜだめなのかは言わない。吉村に気兼ねしていたのかもしれない。

明けて九月九日。

樺ノ木峠にいた彦根藩が動きだした。

白銀岳の本陣に向けて進軍を開始したのだ。これを平沼田で待機していた水郡が察知し、吉村に急報した。それを受けた吉村は、誰に相談することなく、一個小隊を組織して送りだした。

この援軍小隊を率いるのは、森下幾馬という土佐勤王党の同志だった。森下幾馬は今年三十歳。脱藩《くにぬけ》して以来、常に吉村に近侍している。

彦根藩は昨日と同様、そろそろと前進してきた。突撃するような戦意はないものの、寸分も油断していない。藪を突いて蛇がいないことを確認した上で前へ出るという感じで、白銀岳まであと一息という地点までにじり寄ってきた。

そして、次の藪を突いたところで、水郡《へび》隊が出た。水郡隊は、巨兵に果敢に挑み、強《した》かに横撃した。これで彦根藩は混乱に陥った。さらに、本陣から駆け付けた森下隊が突撃した。

実は、彦根藩の受けた損害はそう大きくない。それでも、無駄な抵抗をしないと決めていたのか、彦根藩はろくに応戦もせず早々に後退した。

また、同じ頃、橋本若狭の側にも敵兵が迫っていた。

昨夜、橋本隊を撃退した郡山小泉連合隊は、いったん占拠した広橋峠を放棄して、その日のうちに下市に引き上げていた。峠の南麓にある長谷村の自宅に隠れていた橋本隊としては、命拾いしたというべきだろう。

ところが、翌日、今度は彦根藩兵が現れた。樺ノ木峠で水郡隊と戦った部隊とは別の隊である。彼らは、郡山藩兵が帰陣した下市方面からではなく、東の黒滝郷から沢伝いにやって来た。

「えらいこっちゃ。黒滝から敵が来た」

橋本若狭にとっては、横っ腹を殴打《どっか》れたような感覚に陥った。

「それはあかん」

慌てた橋本は、黒滝郷との境界上にある風呂谷《ふろのたに》という在所まで突出した。敵はその風呂谷まで来ていた。急ぎ射撃戦をやり始めたが、兵力も火力も段違いに多い彦根別隊には歯が立たず、すぐに長谷村まで撤退を余儀なくされた。

彦根別隊はそのまま進んで丹生社まで来た。丹生社は橋本が祠官を務める神社で、

「死んでもここを守る」

と頑張ったが、門弟たちに羽交い締めにされながら後退した。その間、橋本は嫁に「頼ンないこっちゃ」と毒づかれ、すっかり塩たれてしまった。天下に鳴り響いた柔道家で、「今弁慶」と謳われた橋本

若狭をもってしても、嫁には勝てなかったようだ。

さて、丹生社を焼いた彦根藩兵は、どうしたことか早々に下市方面に去っていった。前の日も、郡山藩が峠を捨てて帰陣してしまっている。どうしたことだろう。

これにつき、一つの推論を試みたい。

彦根別隊と郡山藩は、どちらも同じ下市に布陣している。両者示し合わせて広橋峠を挟み討ちにすべく、別ルートで出撃した。すなわち、郡山藩は下市からまっすぐ南下し、彦根別隊は迂回して横手から広橋峠に迫る。そんな策戦だったのではないか。

ところが、彦根別隊が道に迷ったか何かで、約束の時日に間に合わなかった。このため、郡山藩は単独で戦うはめになった。とりあえず、敵を撃退したものの、峠で野営することに危うさを感じて下市に引いた。

そこに、一日遅れて彦根別隊が到着した。が、峠にいるはずの郡山藩がいない。やむなく彦根別隊も下市に帰ろうとしたが、敵が長谷村にいた。仕方なく近くの神社を焼き討ちにして、下市への道を切り開き、帰陣した。

こう考えない限り、せっかく取った峠を両藩が放棄するはずがないのである。いずれにしても、広橋峠から敵はいなくなった。

「天が儂らの忠義に感応して、敵を追い返してくれた」

橋本はそう言って、勇んで村に戻ったが、命より大事にしていた丹生社を焼かれていた。これで意気消沈した橋本の許に援軍が到着した。

駆け付けたのは、森下幾馬の小隊だった。森下は平沼田で敵を撃退すると、水を飲む間もなく、「橋本若狭を助けに行け」と言われて駆け付けてきたのだ。

すっかり元気のなくなった橋本は、夜になってもしくしくと泣き続けていた。そんな橋本を見かねた那須と森下が、

「橋本先生。敵討ちをしやぁせんかい」

と持ち掛けた。

「でけるもんならしてみたいのう」

「それが、できそうなきす」

「ほんまけ」

涙の跡を頬に残した橋本が、那須の言葉に顔を上げた。那須は、

「さっき物見を出したら、敵は下市まで下がったたっち言うろう」

と言いだした。さらに、下市駐屯の郡山藩と彦根別隊が、明日にでも攻め寄せてくるという噂が流れていた。

「それを今夜んうちに叩いておきたい」

「よし、やろ」

「そりゃ無茶や」と言う者は誰もいなかった。三人はお互いの目を覗き込んで、目の奥にある決意の炎を確認すると、手にしていた盃を一斉に置いた。

夜半。

百人ほどに膨れ上がった奇襲隊は、橋本若狭を大将に下市へ忍び寄った。下市では、吉野川の南側に彦根藩が陣を敷いており、郡山小泉の両藩は川向こうにいた。橋本は、那須に一隊を預け、

「郡山衆に川を渡らさんといてください」

と頼んだ。那須は「おう」と気軽に引き受け、三十人ほどを引き連れて去った。残った五十人ほどで、丹生社を焼いた憎き彦根藩陣に突入するのである。

橋本は、寝入っている彦根藩の番所を次々と打ち毀《こぼ》し、遂に陣所に至った。

灯り取りの篝火が倒される。

その火の粉が飛んで炎となった。

その炎は瞬くまに下市郷に広がり、郷全体を火の海とした。

橋本は、部下に「天誅組が五千の大軍で仕返しに来た」と叫ばせ、自身は、

「歯向かう敵だけを討て」

と、わざと敵兵に聞こえるように言って回った。これを聞きかじった彦根藩兵は我先にと逃げ散った。

無人になった彦根陣所で、橋本は、「ふん、ざまあみさらせ」と一人で勝鬨を上げた。そこに那須も戻ってきて、

「橋本先生。大勝利やき。武器ら分捕って帰りましょう」

と言って大笑いした。

白銀岳の吉村の許に、別の報が飛び込んできた。今度は、樺ノ木峠や広橋峠とは逆の側にあたる和田村に津藩が迫っているという。

「今度は和田村か」

和田村が敵手に落ちると、天誅組は五條にも十津川にも行けなくなる。樺ノ木峠方面で戦闘中の今、和田村は失ってはいけない重要ポイントだった。敵もそれがわかった上で攻略に乗り出してきたのだろう。

そこに安積五郎がやって来た。

「吉村さん。和田に藤堂が出たんだって。和田村は俺《おい》らの管轄《シマ》だ。ちょいと行ってくるよ」

確かに、かつて安積と池が和田村に出張って関所を造った。砦を造れという命令だったが、「んなもん、すぐに出来っかよ」と言って、安積が勝手に関所にしてしまった。その時、和田村の庄屋とは懇意になっている。和田村庄屋も、べらんめえで気の置けない安積と、坊々然《ぼんぼん》としつつも賢い池内蔵太の二人を気に入り、今でも連絡があるらしい。その安積が、

「俺《おい》らが頼みゃあ、和田村で百姓兵を集めてくれるだろう」

とうそぶいた。そこに池が「安積さーん」と駆け寄ってきて、

「いないと思ったら、こんなところで恰好つけてたんですか」

と冗談を飛ばした。そう言ってる池はすでに完全武装している。

「恰好つけてるのはどっちだよ。もう鉄砲担いでるじゃねえか」

そう言いながら二人は吉村が命令を与える前に、さっさと山を下っていった。

和田村の戦い

翌九月十日、早朝。

良い知らせと悪い知らせが、吉村の手元に同時に舞い込んだ。

良い知らせは、長谷村の橋本若狭からで、昨深夜、下市の彦根藩の陣屋を覆滅したという一報だった。これには、武器弾薬と食糧を大量に確保したとのオマケが付いていた。

悪い知らせは、和田村に出向いた安積からだった。津藩が思いのほか頑強で苦戦しているという。安積は何も言わないが、明らかに援軍を要する事態だった。

吉村は、すぐに手当てをすべしと思ったが、派遣できる将がいなかった。東方面に出している水郡、橋本、那須、森下の誰かを呼び戻す手もあったが、彼らは戦闘続きで疲弊しているだろう。

そこで吉村は、ある決意をもって藤本の許に向かった。藤本は陣屋にいた。周囲には誰もいなかった。ここ数日、忠光卿も松本も自室に引き籠もっている。

「藤本さん」

吉村がそう声を掛けると、藤本は何かを感じたのか、

「ああ、吉村さん。和田村に行くんですね」

と気弱そうに言い、目を逸らした。

「藤本さん。必ずここに居て、私を待っていてくださいよ」

この吉村の頼みに対して、ただ、

「健闘を祈ります」

とだけ言った。藤本は最後まで吉村の顔を見なかった。

吉村は、本隊にいた十人ほどの兵を引き連れ、白銀岳を西に向いて駆け下りた。麓の和田村では、安積と池が奮戦中だった。安積たちは、かつて構築した防塁を巧みに使い、隙あらば背後に回り込もうとする津藩の動きを制していた。安積は、

「もうちぃっと兵が居りゃ、後ろに回り込めるのによぉ」

とボヤキつつ戦っていた。この時期の天誅組は、善戦すれども反撃できず、という状況が各戦線で現出している。兵をはじめとする戦争資源が慢性的かつ決定的に不足しているからだ。

それでも、吉村が登場することで戦況が少し変わった。敵が若干引いたのである。津藩の偵察網に、

「吉村虎太郎、参陣」

という情報がひっかかった。津藩は、吉村虎太郎と那須信吾を極度に恐れており、「吉村」と聞いただけで腰が引けたのだ。本来なら、ここで一挙に反撃に出るべきであるが、

「やれやれ、まずは一服させてくださいな」

と安積は肩で息を吐きつつ、兵を休ませた。


その頃、前夜、下市を焼き討ちして戦果を挙げた橋本が、一息寝るかと横になりかけたところに、和田村襲わるの一報が入った。橋本は枕を撥ね退けて、那須と森下が寝ている客間に飛んでいき、

「えらいこっちゃ。和田村が襲われとる」

と怒鳴った。寝かけていた那須と森下も飛び起き、

「全軍出陣」

と村中に聞こえるように怒鳴ると、兵の集合を待たずに、

「橋本さん、馬を借りる」

と言うや、「あ、それは嫁はんの馬やがな」と止める間もなく二人は騎乗して走り去った。そこに「どないしましたんや」と橋本の配下が集まってきたので、

「嫁はんの馬を盗られた。どないしょう」

とボヤいていると、「そらえらいこっちゃ」と配下が騒ぎだし、「下手人は誰ですねん」と訊いてきた。

橋本は「土州の那須はんや」とうなだれると、「なんで那須はんが橋本はんの嫁はんの馬、盗むんや」と埒もない話をしているところに、当の「嫁はん」が顔を出した。

橋本は反射的に「す、すまん」と頭を下げた。突然謝られても、嫁には訳がわからない。が、どこの世界にもお節介はいるもので、

「ああ、奥さん。あんさんの馬、盗られましたで」

と言わでものことを注進した。「え」と驚く嫁に、橋本が、

「いや、なに、御政府の那須監察に貸したんや」

と苦しい言い訳をした。嫁は、

「で、何で那須はんに馬を貸したんや」

と当然の疑問を発した。これに橋本が、

「いや、なに、和田村に敵が現れたんで……」

と言ったところで「何やそれ」と言うことになり、

「大将、そら大事や。嫁はんの馬ぐらいくれてやれ。儂らも、行かなあかんがな」

と大騒ぎになった。ここにきて橋本は、ハッと我に返り、

「せ、せや。出陣や」

と喚き、「ちょっと、あんた」と眼を三角にする嫁を横目に、家を飛び出した。これが恐妻との今生の別れになろうとは、その場の誰にも知る由はなかった。


和田村襲わるの報は、平沼田の水郡の許にも届いた。しかし、それは夜が明けきってからだった。なぜ、遠い橋本の方に先に知らせが届き、白銀岳のすぐそばにいる水郡に遅れて届いたのか、よくわからない。水郡には常にこの種の不運が付きまとう。それが水郡自身の苛立ちの元にもなっていた。

しかし、この時の水郡に、そんな事情はわからない。水郡がとっさに思ったのは、

「本陣には将がおらん」

ということだった。まさか、吉村が出陣してしまっているとは思わない水郡は、吉村が困じ果てていると思い、

「ここは儂らが行くしかあるまい」

と兵を集めた。しかし、弾がなかった。そうなると、補給のために白銀岳の本陣に立ち寄らねばならな

い。

「あんまり、気ぃ進まんのう」

そう呟いたところに、農耕馬を飛ばして那須と森下がやって来た。

那須は騎乗のまま、「聞いたか、行くぜよ」と言った。水郡ももとよりその心算だが、

「弾がない」

とつい漏らした。すると那須が、

「ああ、弾やったら、橋本さんが持っちゅう」

と言いだした。下市夜襲で、彦根の陣所でかっぱらった軍事物資のことである。荷車数台分はあった。それらは、橋本が引っ張って持ってくるだろう。

「ほんなら、それを待って和田村へ行こう」

「儂は、待たんと行くぜよ」

そう言うと、那須は木の枝で作った鞭を農耕馬の尻にピシリと当てた。馬は驚き、和田村方面に駆けだした。森下もそれに続いた。水郡は一瞬「儂らも行くか」と思ったが、徒手空拳で駆け付けても役に立たないと思い、橋本隊を待つことにした。ただ待っていても、橋本がここを素通りするといけないと考え、使者を出して出迎えることにした。

那須が和田村に駆け付けると、吉村自ら鉄砲を撃っていた。ここでも敵は遠目から撃ってくるばかり

で、突撃してくる気配がない。一方の天誅組の方は、一発撃つと少し前進し、前進しては後退させられるという展開になっている。

「吉村さん。遅うなった」

那須はそう言うと、いきなり抜刀して突撃しようとした。驚いた吉村は「ちょっと待て」と制止し、

「上の様子はどうだ」

と訊いた。吉村としては、戦闘も気になるが後方の本陣の動きも気になる。前線の将軍が本国の会議室を気にするようになると、その国も軍も終わりである。いわゆる「亡国の兆し」というやつである。

それはともかく、本陣に立ち寄っていない那須には答えようがない。それでも那須は、

「橋本さんらあが、下市で敵の弾やら鉄砲やらを分捕ったきに、それ持ってすぐに来るろう」

と報告した。吉村は「それは有難い」と合掌した。それほど弾薬不足が深刻だった。そんな吉村に、今度は森下が戦況を眺めて、

「樺ノ木峠でも、広橋峠でも、こげな戦い方やったき。敵はそのうち、横手から大砲を撃ってきゆう。それをやられると苦戦するがで」

と言いだした。さらに、「あれが怪しい」と街道脇の高台を指さした。どうやら、あの丘を敵に取られると、大砲を据えられ、当方が大苦戦になると言いたいようだ。

「ほんなら、那須さん、森下さん。十人ほど連れて行ってください」

吉村はそう言うと、自分の周辺にいた土佐兵を森下に預けた。これには森下が驚き、

「それでは、吉村さんが丸裸じゃ」

と断ったが、吉村は、

「すぐに橋本さんが来るがぜ。なんちゃない」

と土佐弁で返してきた。

森下が勘だけで「怪しい」と言った丘に向かうと、本当に敵がいた。津藩の砲兵隊が、重そうな大砲を引きつつ、反対側の斜面から登ってきている最中だった。那須がまたもや抜刀して突撃しようとすると、森下に止められた。

「大砲は、いったん据えると、なかなか動かせんもんかや。ちぃと待ちや」

どうやら森下は、敵が大砲を据えた後、大砲ごと奪おうとしているようだった。那須は、「森下は大した軍師じゃ」と笑った。

敵の作業はすぐに終わった。敵兵が大砲から離れ、荷車から火薬やら砲弾やらを降ろし始めたのだ。

そこで那須は、

「行くぜよ」

と言うや、誰の返事も待たずに飛び出した。こういう場面は那須の独断場である。「きゃー」という絶叫とともに津藩兵に突進するや、自慢の大槍を繰り出した。槍は、敵の砲兵隊長の胴を突き抜け、その後

ろにいた砲手の胴をも貫いた。

「うぎゃあ」

この世のものとも思えぬ断末魔を残して、隊長と砲手は絶命した。

硬い鎧を着た兵の胴を、二人重ねて突き通した那須の鬼神ぶりを目の当たりにした津藩兵は、「うああ」と叫びを上げ、我先にと逃げだした。これを、森下が一丁ほども追い掛けたが、逃げ足が早すぎて、誰一人として捕まえることはできなかった。

「ちくしょう、逃げられたがぜ」

と悔しがる森下に、那須が、

「なあに、ええ戦果じゃ」

と言って、放置された大砲に足を掛けた。どうやら那須は笑っているらしかったが、その顔は返り血を浴びて真っ赤っ赤だった。その顔を見た味方が恐怖のあまり失禁した。


その頃、橋本若狭は「土産」の荷車を引きながら、水郡が籠もる沼平田にいた。水郡善之祐は橋本の活躍を喜び、

「五條代官所を陥落させた以来の大手柄や」

と持ち上げた。それより橋本は、

「急いで行きまひょ」

と水郡を急かした。水郡も待機させていた河内党に出陣を命じた。

疲労困憊のはずの橋本と水郡の両隊は、けなげにも山道を駆け下り、和田村の吉村の許に到着した。戦線は面白いことになっていた。那須と森下が分捕った大砲を、従軍していた林豹吉郎に渡したところ、林は、

「この大砲の向きを変えて、敵さんを撃ちまひょ」

と言いだし、その通りに砲撃しだした。すると、津藩の本陣が大混乱に陥った。

「ああ、橋本さん、それに水郡さんも。御二方とも大活躍だったそうで。ありがとうございます」

吉村は満面の笑みで二人の別動隊長たちをねぎらった。しかし、橋本も水郡も、ここの戦況を知りたがった。そこで吉村は、安積の踏ん張りと那須の活躍で敵兵を押し戻しつつあると明かした。それを聞いた橋本は、

「ここに下市で彦根藩から分捕ってきた資材がぎょうさんあります。これで一勝負しませんか」

と持ち掛けた。

これに諸手を挙げて賛成したのは那須だった。那須は、橋本隊の荷車からすでに大身の槍を抜き出してしごいていた。大砲を分捕り、軍事物資が届き、敵を数丁も押し返した今こそ勝機だった。吉村は、

「よっしゃ。みんなで斬り込みに行くぜよ」

と土佐弁でそう叫んだ。天誅組の全員が「うぉー」という雄叫びを上げた。

その頃、津藩隊の本陣では、

「戦を続行するか、いったん引くか」

という相談をしていたが、いつしか、

「五條へ戻った時にどんな言い訳をするか」

に議論が移っていた。そうこうするうちにも、林が放つ砲弾が頭上を襲ってくる。そのひとつが、ドーンと本陣の旗をなぎ倒した。これを見た侍が肝を潰し、

「いかん、撤退じゃ」

と叫んだ時、
ドン。

と何かが足にぶつかった。何だと見ると、それは味方兵の生首だった。

「ひゃあ」

侍は、あられもない悲鳴を上げ、その場で卒倒した。そこに、聞き慣れた名乗りが聞こえてきた。

「宝蔵院槍術師範、土州浪人那須信吾」

那須は、慌てて逃げようとした津藩兵を槍で串刺しにし、引き抜きざまに振り向いて、背後の兵に斬りつけた。那須が一瞬で二人を討ち取った時、河内党が雪崩込んできた。河内党は至近距離から鉄砲をぶっ

放した。これで津藩は総崩れとなった。

「追え追え」

そう叫ぶ那須に引きづられるように、天誅組の隊士たちは、丹原《たんばら》という村まで津藩兵を追いかけた。

丹原村は吉野川南岸にあり、五條盆地の南の入り口に当たる。すでに平地である。本来なら、そのまま五條に突入したいところだが、すでに日も傾いていた。五條には、津藩だけでなく彦根藩や紀州藩などが駐屯しており、それらを相手に、渡河して市街戦をするのは無謀である。

「今日のところは、こんなもんか」

吉村はそう言うと、

「今夜はここで野営する」

と宣言した。河内方面へ逃げるのであれば、今こそが絶好機である。払暁、朝焼けとともに突撃すれば、そのまま千早峠を越えられるだろう。だとすれば、今夜のうちに本隊を呼び寄せておきたい。そこで、吉村は池内蔵太と森下幾馬を呼び寄せ、

「すまんが、若御前をここへ連れてきてくれたまえ」

と頼んだ。本陣の藤本には、出陣前にあれだけ念を押しておいたのだ。忠光卿がぐずっても、松本が厭がっても、きっと藤本が説得してくれるだろう。しかし、

「万万が一、奎堂先生が邪魔をするようなら斬れ」

と命じた。しかし、池は、

「えー、仲間を手に掛けたりできませんよお」

と本気で厭がった。それを聞いていた森下が、

「その役は儂がやるきに」

と買って出た。若くして江戸に遊学した池内蔵太は別としても、土佐勤王党の党員ならば、天誅斬りの一度や二度はやらされているものだ。森下も、京で二人ほど斬っている。那須信吾に至っては、高知にいる時に現職の土佐藩執政を暗殺している。


その深夜。

厭な予感がした吉村はむくりと起きた。陣屋にした寺の本堂を出ると、ちょうど池と森下が戻ってきたところだった。二人とも浮かない顔をしている。吉村は、森下が剣を抜くことになったのか、と思ったが、事態はもっと悪かった。

池は本堂の縁側に立つ吉村を見つけると、何も言わずに首を振った。いつも馬鹿かと思うほど明るい池が沈んでいる。その横から森下が、

「吉村さん。本陣は蛻《もぬけ》の殻じゃった」

と怒ったように言った。聞くと、彼らが白銀岳に戻ると、すでに無人だったという。そこで、近くの百

姓家を訪ね、そこの家人を叩き起こすと、

「ああ、皆さん、夕方には出ていかはりましたで」

というではないか。どこへ行ったのかはわからないが、西の斜面を降りていったという。そこで二人は、天ノ川辻に回ってみると、果たして本隊はそこにいた。またぞろ、鶴屋治兵衛の世話になっていたのだ。

森下は怒って「談判じゃ」と、旧の本陣に入ろうとしたが、池は「無駄ですよ」と言い、忿《いか》る森下の袖を引っ張るように帰ってきたという。森下は今でも、

「なんで池さん、止めたがや」

と怒っている。そんな森下に池は、

「だって。森下さん。松本さんの顔を見ると、きっと斬るでしょう。僕はそんなの厭ですからね」

と言い、ふんと横を向いた。

吉村は二人をねぎらい、橋本若狭、水郡善之祐、那須信吾それに安積五郎を集めた。

冒頭、吉村が「白銀岳の本陣が天ノ川辻へ退いた」と事実を淡々と述べた。橋本や那須からは「なんでや」と理由を問う声が上がったが、吉村としては「わからん」としか答えようがなかった。そんな中、じっと黙って聞いていた水郡が、

「理由なんぞ想像つくわい。それより、吉村さん、このことは知っとったんか」

と詰め寄ってきた。吉村は「いいや」と首を振った。

「ちゅうことは、吉村総裁ごと、儂らは置き去りにされたっちゅうこっちゃ」

水郡は、寺中に聞こえるほど大声でそう言うと、

「何回目かのう」

と、またしても大声で喚き「バン」と床を平手で叩いた。

「吉村さん。儂はここで降りる。河内へ帰らせてもらう」

そう言うと、すっくと立ち上がった。那須が慌てて水郡の袴の裾を摑んだが、

「那須さん。あんたには世話になったが、これ以上は阿呆らしゅうてやっとられん」

と言い、一礼して去っていった。見ると、本堂前には河内党が勢揃いしており、敵意に満ちた目をして吉村を睨んでいた。

吉村はなすすべなく河内党を見送った。その後、残った兵を数えると、夕べの半分以下になっていた。水郡とともに出ていったのは、河内党だけではなかったのだ。逆に言うと、残ったのは、吉村に殉じる土佐派と帰るところがない大和派だけだった。

そんなありさまを見た安積五郎は、

「将、将たらざるが故に、士、士たりえず」

と呟き、

「水郡さんが悪いわけじゃないぜ。もちろん、吉村さんのせいでもねえ」

と言い、半泣きになっている吉村の肩をポンと叩いた。

那須は「残った兵で五條へ突入するぜよ」と息巻いたが、誰も賛同しなかった。だが、このまま天ノ川辻へ退くのも癪《しゃく》だった。かといって、他に行くあてがない。

「心ならずも、天ノ川辻へ行くか」

そう言った吉村の瞳は涙で濡れていた。

敗退

翌九月十一日早朝、吉村たちは天ノ川辻に入った。

本陣にしている鶴屋治兵衛の屋敷に入ると、忠光卿が死んだような顔をして朝食を喫していた。藤本と松本が相伴している。忠光卿は、ぬっと入ってきた吉村を見ると、

「あ」

と小さく叫んで、椀を取り落とした。さすがに藤本はそのような粗相はしなかったが、明らかに動揺した。松本だけは平然として、

「吉村総裁がお戻りか」

と見えぬ目を向けた。松本はキチンと茶碗と箸を置いて、

「大変なご苦労をおかけしました。また、ご活躍の由を聞き及んでおりますが、かような仕儀となり、相すまぬことと思っております」

と言うと、膳をどけて平伏した。吉村は、その場にドカリと座ると、

「和田村では勝ってました。その旨もお知らせした。なのに、なんでアンタたちはここに居るんだ」

と問い詰めた。忠光卿はただただ青い顔をして黙ったままである。藤本は完全に俯いて、吉村を正視しようとしない。ひとり松本だけが涼しい顔で、

「それは、転進するに好機だったからです」

と言い放った。

「転進……。『逃げる』の言い間違いではないんですか」

吉村はそう皮肉ったが、松本はあくまで平然として、

「私としては逃げているつもりはありませんよ。あくまで転進です」

と言い切った。どこか、覚悟を決めたような口ぶりである。

「言葉では何とでも言いようがある。要は長州へ落ちることですよね」

吉村がそう詰《なじ》ったが、松本は平然とした姿勢を崩すことなく、

「はい。私は勅を失ってから、一貫してそう申し上げている」

と反論した。さらに、

「私は、若御前が長州へ転進され、そこで復権なさることだけを願っております。それに長州へは、敵を蹴散らせねば行けぬものでもない。いや逆に、敵から遁《のが》れ、誰の目にも留まらぬことが肝要だと思っております」

とまで言った。これに吉村は、

「ああ、そうですか。僕はいらぬお世話をし続けてきたというわけですか。命を懸けて」

と皮肉に毒気を混ぜた。これにも松本は動ぜず、

「失礼と無礼を承知で、あえて申し上げます。吉村さんがやってきたことは、若御前の居所を敵に教えるようなものだ。これ以上はおやめいただきたい」

と言い切った。

「奎堂先生。今の言葉、死んだ同志や十津川郷士の前で言えますか」

吉村は半泣きになっている。

「もちろんです。隊士を死なせたのは、戦いを継続した吉村総裁、あなたのせいではないですか。戦況が不利になったからといって、私のせいにしないでもらいたい」

「いや違う。五條御政府の戦いは、僕らや若御前のためではない。全国にいる尊攘の志士たちのため、い

や、叡慮を無視して開国した公儀の悪政に苦しむ民百姓のためだ。ここで僕らが降参すれば、その者たちの行く末は……」

吉村は、そこまで言ったが、後は嗚咽で言葉にならなかった。忠光卿はうなだれたまま固まり、藤本も自分の掌を見つめた視線を上げ得ずにいた。

そこに伝令が飛び込んできた。

「申し上げます。富貴村に敵が出ました。こちらへ進軍中です」

富貴村というと、先日那須が紀州法福寺隊を撃退した場所で、天ノ川辻の西に位置する紀州の村である。吉村は伝令に、

「よし、行く」

と答えたが、松本は、

「もうよしなさい。勝負はついてしまっている」

と止めた。吉村は「ふん」と鼻で笑うと、

「弱い犬ばあよう吼えるっちゅうが、ホンマぜよ。奎堂さんよ、儂らの血ぃと涙で守られちゅうくせに、ようそげなお気楽な口が利けるもんじゃのう。鉄石先生も先生じゃ。こげな腰抜けの言いなりになりゆう。一刀新流の免許皆伝が泣くぜよ。先生も男なら、一緒に来とおせ」

と土佐弁で詰った。だが、訛りがきつ過ぎて、その場の誰にも届かなかった。それでも大いに溜飲を下

げた吉村は、忠光卿に「御免」と頭を下げて立ち上がった。と、そこに、別の伝令が来て、

「申し上げます。紀州の別隊が鳩ノ首峠《はとのくび》を占拠。こちらを窺っております」

と怒鳴った。伝令も半泣きになっている。さらに、別の伝令が来て、

「申し上げます。和田村方面から津藩兵が進軍中。こちらに向こうちゅう」

と土佐弁で言い、さらに「撃って出るろうか」と吉村に訊いた。吉村は、

「那須さんに戦支度をせえて言うとおせ」

と命じた。そんな吉村に、「お待ちなさい」と声を掛けたのは松本だった。

「聞けば周囲は敵だらけじゃないですか。とても勝ち目はない。吉村さんは戦うおつもりかもしれんが、私たちは十津川へ退きますよ。何とか活路を見いだして、必ず長州までたどりついてみせます」

そう言って見えない吉村を捕まえるように手を伸ばし、

「悪いことは言わない、無駄な抵抗をやめて、吉村さんも一緒に行きましょう」

と薦めてきた。

それに吉村は答えず、改めて忠光卿にだけ一礼して去った。

吉村が外に出ると、

「おんどりゃあ」

という怒号が上がった。見ると、橋本若狭が乾十郎の胸ぐらを摑んで締め上げていた。橋本若狭は柔術

の達人である。その橋本に締められ、乾は目を白黒させている。それでも乾は、

「し、死ににいくやつに、ぐぐ軍糧なんぞ渡せるかい」

と喚きつつ、ゲホゲホとむせている。これに橋本は、

「阿呆か。逃げる奴に米も弾丸《たま》も要らんやろ」

と叫び返してグイグイ締めている。どうやら、二人は軍糧の取り合いをしているようだ。というか、十津川に逃げ込もうとする乾が、橋本が下市で奪ってきた軍糧を取り上げようとしているようだった。

「待て待て待て」

そう言って吉村が割って入って、「橋本先生、よしなさい」と、まずは乾の首を摑んでいる橋本の手を離させた。息ができるようになって乾が「ふー」と深呼吸している。そんな乾に、

「この軍糧は吉村が貰っていく」

と告げた。少し生気を取り戻した乾は、腰から鉄扇を抜くや、

「阿呆か、これから死ぬ奴に食わす米はないんじゃ。米も弾も生きるためにあるんじゃ」

と鉄扇の先を吉村に突きつけた。その物言いにカッとした吉村は、乾の胸もとをグイッと締め上げた。

そこに藤本が出てきた。藤本は、

「やめよ」

と大喝すると、

「吉村総裁。軍糧はお持ちください」

と頭を下げた。そう言われた吉村が乾を離すと、その乾が、

「鉄石先生まで……。何で死ぬ奴に食い物やら武器やらを渡さんならんのですか」

と食ってかかった。しかし藤本は、

「十津川にも食う物くらいあるだろう」

となだめた。ところが乾は、

「その十津川衆に頭を下げるんは誰や。鉄石先生か、吉村総裁か。違う、儂や。十津川衆に無茶な頼みをさせられるんは、いっつも儂や」

と言って横を向いた。吉村は「それがアンタの仕事だろ」と思ったが何も言わなかった。誰からも反論がないと見た乾は、

「儂はな、何も食い物欲しさにダダこねてるやない。これ以上、十津川衆に迷惑は掛けられへんっちゅうてるんや。騙して戦させて、ぎょうさん死なせて怪我させて、この上、まだ食い物を寄越せって言うんか。儂はでけん。儂はでけんさかい、鉄石先生、アンタやってくれ」

と喚くだけ喚くと、プイとどこかへ行ってしまった。その後ろ姿を見ながら吉村は、

「鉄石先生。今の乾先生のお言葉をどうお聞きになられましたか。かの御仁は、自ら働いて御政府を盛り立ててこられた。不肖吉村もそうだ。那須さんも水郡さんも橋本先生も林先生も池君も安積さんもそう

だ。翻って鉄石先生と奎堂先生はどうですか。水、食い物、寝床、馬、駕籠、荷車、船などなど、誰が支度したとお思いか。長州へお逃げになるのは勝手だが、どうぞ、ご自分方ですべての支度をなさってください」

と怖い顔を藤本に向けた。藤本は何も言えずに、

「御免」

と頭を下げ、忠光卿らのいる本陣へと戻っていった。

さて、群がり寄せる敵と戦うと決めた吉村だったが、さすがにこちらから突撃していくわけにはいかなかった。どこかの敵に組み付いた途端に、別方面の敵からの襲撃を受ける恐れがあるからだ。従って、天ノ川辻で迎え撃つしかなかった。

が、肝心の敵が攻めてこなかった。西方の富貴村と鳩ノ首峠に陣取った紀州藩も、真北の和田村まで寄せてきた津藩もその場で足を止めてしまったのだ。

必ずしも連携が良いとは言えない諸藩だが、吉村としては、同時に攻め寄せてくる可能性を排除できない。せめて偵察を盛んにし、敵の動きを一瞬でも早く掴むことしかできなかった。

翌日、忠光卿らの一行は、天ノ川辻を南へ出た。軍糧を吉村に押さえられたため、荷物は少ない。忠光卿と松本を乗せた駕籠が荷物と言えば荷物という身軽さである。彼らは、以前に滞陣した長殿村をも通り越して、十津川郷の真ん中にある上野地《うえのじ》という村まで逃げ落ちた。

遂に敵が動いた。

動いたのは、和田村まで進出していた津藩だった。吉村としては、居残り組の全員で抗拒したいところだったが、西方にいる紀州の大軍を無視するわけにもいかず、那須と橋本に小隊を与えて出撃させるにとどめた。

物量に劣る天誅組としては、敵の射撃を避けつつ、抜刀隊が突撃するという、前回と同じ戦法を取るしかない。しかし津藩の方も前回の反省から、防塁を高くして突撃を許さない戦法を取ってきた。

津藩としては、辛抱強く射撃と砲撃を続けていれば、やがて敵は退散するだろうという読みがあった。

そして、その読みは当たっていた。天誅組は、突撃の機会を封じられたまま、弾丸が尽きるという最悪の事態を迎えてしまった。

「致し方ない。ここはいったん戻ろう」

那須たちは天ノ川辻まで戻った。津藩は性急な追撃はしてこなかった。ではあるが、ちゃんと追尾はしてきた。津藩としては、天誅組がどこに逃げようが籠もろうが、突撃除けの塁を築きつつジリジリと前進していけばいい。

その手でこられると天誅組としてはなすすべがない。

「やっぱり、勝てまへんでしたか」

そう言ってきたのは、鶴屋治兵衛だった。治兵衛は、

「間ものう、ここも敵の手に落ちまっしゃろ」

と言い、自邸を振り返った。釣られて吉村も鶴屋邸を見上げた。治兵衛は、

「こうなった以上は、儂は敗軍の将や。まあ、商人《あきんど》がお武家の真似をするのも何ですけど、負けた方のお殿さんは、自分で城を焼いて敵に渡さんというやないですか」

と言うと、家人に命じて自宅に火を付けさせた。吉村は「何をなさる」と止めたが、

「吉村はん。今、『敗軍の将』やて恰好つけたけど、世間では『謀反人』ですわな。そうなると、鶴屋の商売もこれまでや」

と意外とサバサバした様子で言い、そう言いつつも苦く笑った。吉村はただただ頭を下げるしかなかった。

鶴屋の屋敷から炎と煙が上がるのを見て、那須たち幹部が集まってきた。那須は、

「敵に戦意はないがぜ。夜討ちでも掛けて一泡吹かせてみんか」

と逆襲を持ちかけてきたが、吉村は取り合わなかった。ここまで強気一辺倒で戦ってきた吉村だったが、鶴屋治兵衛の件もあり、これ以上、近郊の衆を巻き込むことに躊躇があった。急に精彩を欠いた吉村に、那須は、

「吉村虎太郎、まさかヤキが回ったんやないろうな」

と怖い目を向けた。

「全国の尊攘同志のためにも、僕らが戦いをやめるわけにはいかない」

そうは強がってはみたものの、吉村の采配が上がらなかった。そんな吉村の胸の内を読んだのか、年嵩の安積五郎がすいっと寄ってきて、

「吉村さん。アンタ、迷ってるね」

とズバリと核心を突いてきた。

「いいえ」

吉村はそう言って首を振ったが、安積に「嘘だね」と見破られてしまった。

「いいんだよ、迷って。人間、死ぬまで迷うもんさ。いい年をした俺《おい》らだって、四六時中迷ってるさ。今も、逃げるべきか戦うべきかで迷っている」

そう言うと、気弱げに笑った。

「そんな迷える老人《としより》に、言ってくれよ、戦って死ねって……さ」

「安積さん」

「ここにいるみんなも迷ってるんだ。けどよ、誰か偉い人が、『ここで戦うことは無駄じゃねえ。お前《めえ》らは、いい世の中をつくるために戦わなきゃなんねえ』って言ってくれれば、笑顔で死んでいけるってもんさ」

「そう……、そうですね。じゃあ、元気を出して戦いますか」

「おっと、そうこなくっちゃ」

　そこに池が来た。

「何やら、楽しそうですね。うふふ」

　そう言う池が一番楽しそうである。その池が、

「吉村さん。ここは要害が悪い。鶴屋さんも焼けちゃったことだし、もうちょっと奥へ行って、うんと意地の悪い防塁を造りませんか」

　と言いだした。確かに天ノ川辻は、山の上とはいうものの、既述のとおり街道が交差する交通の要衝でもある。うっかりすると、四方から敵を受ける恐れがある。

「そんなことを考えていたのか。よし、いいだろう。こうなったら、勝ちも負けもない。公儀の奴らを虐めて苛めてイジメ倒してやろう」

　そう言って笑い声を上げた吉村の許に、橋本若狭が「何やどうした」と寄ってきた。

「吉村さんがね、ご公儀を苛め倒そうって言うんですよ」

　池がそう教えると、

「そらええ、一丁《いっちょ》やったりまひょ」

　と丸太ほどの腕をさすった。そこですかさず池が、

「この先の長殿というところに、イジメがいのある場所があるんですよ。そこまで行ってみませんか」

と言いだした。

結局吉村たちは、かつて忠光卿が本陣を置いた十津川郷内の長殿村に落ち着いた。九月十四日の夜のことだった。


吉村たちが天ノ川辻を捨てた後、津藩がおっかなびっくりのへっぴり腰で山を登ってきた。鶴屋が焼けてしまったことに多少驚いたようだが、その焼け跡に本陣を置いた。そこに紀州藩も追い付いてきた。

両藩は協働して天誅組を追い詰めねばならないところだが、どうしたことか、天ノ川辻に居座った。

「小人閑居して不善を成す」という成語のとおり、居座っていた間、近隣の百姓につらく当たった。

「天誅はんより、諸藩が憎い」

乱の後、天ノ川辻周辺では、そんな怨嗟の声が噴き上がった。軍隊としての出来不出来はともかく、諸藩には天誅組のような理想も使命感もなかったようだ。


その頃、上野地まで南下していた本隊は沈鬱な空気に包まれていた。

上座の忠光卿は無表情のまま座っているが、その脇に座る藤本は腕組みをし、鼻で荒い息をしつつ、喉の奥では「うー」と唸《うな》っている。松本は相変わらずの表情で座っているが、その手は固く握られていた。

そんな彼らの前に座っているのは、十津川郷士の野崎主計だった。十津川郷士千二百人の頭分だった男である。その野崎の前には、一通の書状が置かれていた。

十津川郷は、勅を失った天誅組には味方できないと離隊したものの、郷士の中には天誅組に留まって一緒に戦っている者もいた。野崎も天誅組を離れたものの、陰に陽に支援を続けていた。そんな十津川郷士の好意に甘えるように、天誅組は十津川郷内に逃げ込んできた。

「これは、上平《かみだいら》っちゅう在京郷士が、お上から正式に渡された書き付けです。ここには御政府を討伐せえと書かれてます」

野崎は、目の前に広げた書状の一点を見つめたまま、そう言いだした。ついに十津川郷にも天誅組討伐令が出たようだ。さらに野崎は、

「この書状にはありませんけど、これ以上、皆さん方に味方すると、十津川郷も朝敵として討伐すると言われてますねん」

と言い継いだ。藤本は「うー」と唸るばかりだが、松本は冷静に、

「ということは、私どもを討つと仰せか」

と率直に訊いた。これに野崎は「いやいや」と首を振りつつ、

「十津川郷五十九カ村としては、一時はお世話になった若御前を討とやなんて思てません。けど、朝廷第一の十津川が朝敵になるわけにもいきまへん。そこで、申し訳ないが、十津川から出ていってもらいたい。というのが、総意です」

と絞り出すように言った。これに藤本が、

「何とかなりませんか」

と食い下がったが、野崎は黙って首を振るばかりだった。座に重い沈黙が降りた。その沈黙を破ったのは松本だった。

「これ以上の議論や説得は無用というわけですな」

野崎は「申し訳ない」と短く答えて頭を下げた。野崎としては、朝廷や幕府の目を盗んででも支援したいと思っている。京の上平からは、

「京の政界は、賊の中に公家がおることを問題視している。その公家が長州と手を組んで、再度の謀反を企てることを恐れている」

との観測も言ってきた。その上で、

「主計よ。連中を討ち取れとは言わん。けど、何が何でも解散させろ。でないと、こっちまで朝敵にされる」

と脅されていた。この話は一般の郷士にも漏れており、

「主計はんのせいで、儂らまで朝敵にされたらかなわん」

と白い目を向けられ、板挟みになっていた。

一方、天誅組は、

「出ていけと言われても、土地不案内で食糧もない」

という状況にある。そこで松本は、

「大変なご迷惑をおかけしたようだ。早速、郷を後にしたいと存ずるが、その郷外への道案内と、多少の食糧を融通願えませんか」

と具体的な依頼を持ち出した。半分は本気の願いであり、もう半分は野崎の出方を見測っている。そう頼まれた野崎は、

「そこで相談なんですけど、形だけでも解散ということにしてもらえませんか」

と切り出した。これに、

「何」

と気色ばんだのは藤本だった。藤本としては、

「戦うにしても転進するにしても、みっともないことはするべきではない」

と思っている。隊を解散すれば、はたからは「薄汚く逃げ延びた」と映るではないか。そんな藤本に
「申し訳ありません」と頭を下げつつも野崎は、

「これまでのような錦旗を立ててのお行列は……」

と首を振り、

「その願いをお聞き届けくだされば、私としてもお世話しやすい……」

と頭を下げた。十津川郷士野崎主計としてギリギリの好意である。それがわかるだけに、藤本も何も言わなかった。松本は「話は決まった」とばかりに忠光卿に向かって、

「若御前も、それで宜しゅうございますな」

と念を押した。忠光卿は首だけでコクンと頷いた。それを確認した野崎は、

「であれば、翌朝、天誅組は解散、ということで宜しゅうございますな」

と重大すぎる言葉をヌルッと吐いた。この言葉を、松本も藤本も野崎の方便だと認識し、力なく頷いた。それを見た野崎は、

「これで十津川も救われる」

と胸を撫でおろした。

野崎は、一行を郷から送りだした後、十津川を危難に遭わせた責めを負って切腹している。吉村に騙された形となった野崎には、何の罪もないように思うが、当人の胸の内は複雑だった。自分が騙されなければ、高取の奇襲戦などで十津川郷士が何十人も死ぬことはなかった。


討つ人も討たるる人も心せよ同じ御国の御民なりせば

野崎の辞世である。

図らずも、この歌はこの後の日本への警句となった。この「天誅組の変」から西郷隆盛が起こした「西南戦争」までの約十五年間、日本では内乱が続く。まさに、日本人同士が殺し合う乱世となったのだ。

討つ方だけでなく、討たれる方も「心せよ」と警告している。幕末維新の動乱は、イデオロギーのぶつかり合いでもあった。思想性の違いは、時に殺し合いにまで発展する。それは人類の永い歴史が証明している。

川津のしりくさりは、そんなことまで知っていて、日本人だけはそうならないように「心せよ」と説いているのだ。この野崎も、明治以降まで生きていれば、世の役に立つ人物だったであろう。そう思うと、「乱世」とは、有為の人材を食って大きくなる化け物のように見える。

翌九月十五日。

忠光卿は、付き従っている隊士全員に集合をかけた。何事かと集まってきた隊士に、松本が口火を切った。

「我ら御政府は、時に利あらず、ここに解散する」

一同がどよめく中、引き続き松本が、

「我らが固まって歩いていては公儀や諸藩の目に留まりやすい。そこで、隊を解散して、それぞれが長州へ転進することに相成った」

と怒鳴った。

「若御前に従いたい者は従え、去らんと思う者は去れ」

そう言うと、松本の幕僚が簡易な盃を配り、水を酌んで回った。それを飲み干すと、

「さらばじゃ」

と言って盃を叩きつけて割った。直後、忠光卿の駕籠を守るように幹部連中が出ていった。残された兵たちは、互いに顔を見合わせ、「どうする」と言い合うばかりだった。


そこに吉村たちがよろよろと到着した。

誰もいない上野地の本陣には、深瀬という十津川郷士が一人で待っていた。その深瀬が吉村に対し、

「本日早朝、前侍従中山忠光卿は、御政府を解散なされました」

と宣言するように告げた。

「ええ」

驚き、怒り、あるいは笑いだす隊員たちをよそに、吉村は冷静に何があったか訊いた。深瀬は知る限りのことを説明した。その中で、

「若御前には、十津川を朝敵にせんですむご決断をしていただいた、と感謝しております」

と十津川郷の本心まで明かした。吉村は、

「十津川の皆様方には大変お世話になり、また、ご迷惑もおかけした。この上は、我らにお構いなく、天朝様第一でお過ごしください」

と言って深々と一礼した。

崩　壊

久々に逢った忠光卿は、ゲッソリと痩せていた。

「吉村……」

忠光卿は、追い付いてきた吉村にそう声を掛けるのが精いっぱいだった。藤本も憔悴しており、吉村の姿を見ても会釈するばかりだった。松本だけは変わりなく見えたが、やはり何も言わなかった。

藤本が憔悴し、松本が意気消沈するのも無理はない。彼らを守っている兵が極端に少なくなっていたからだ。兵たちは「解散する」という言葉を正直に受け取って、うらぶれた幹部たちの許を去ったようだ。吉村にしても、そんな彼らを責める言葉がなかった。偉そうに「戦う」と言ったものの、ろくに戦闘もさせてもらえず後退することになったからだ。吉村たちについていた兵たちも、「御政府は解散」という話を聞き込み、それぞれ郷国に去っていった。

そういう事情で、十津川郷士の協力を得られなかったため、池が提案した長殿村の要塞化も実現しなかった。

それにこの時、吉村も体調が思わしくなかった。高取城下で負った傷が痛みだしていたのだ。張り詰めていた「気」が「緩んだ」、というより「抜けた」のだろう。しきりに足を痛がりだした吉村に、池内蔵太が、

「鬼の攪乱ですか、似合いませんよ。うふふ」

と冗談を言ったが、横にいた安積に「よしなさい」と怒られた。それほど、吉村の顔色はよくなかった。ひょっとすると発熱していたのかもしれない。

吉村は、自分が動けない分、那須と池を使ってしきりに斥候を放った。そのかいあってというべきか、彼らは自分たちが置かれた状況をよく理解していた。

「どうやら、囲まれたようだ」

この時の天誅組は、討伐令を受けた諸藩にぐるりと包囲されていた。

北には、天ノ川辻を占拠した津藩がいる。

西には、紀州藩が龍神温泉近辺に拠点を構えて、国境を警戒している。

南には、紀州藩が新宮城から別派を出し、新宮川沿いを固めている。

唯一、東にだけ敵がいない。そうなると、必然的に東の下北山村へ抜けるルートを取るしかなかった。

ただし、グズグズしていると、南の新宮兵が北上してきて、鉢合わせる恐れがある。

「どこに逃げても敵がいる」

という閉塞感を抱えながら、一行は十津川の最南部である葛川《くずがわ》まで行き、そこから路を東に取って笠捨《かさすて》という名の山を越えた。笠捨山を越えるところまで、野崎が付けてくれた道案内が先導してくれた。山を越えればもう十津川郷ではない。流れている川も北山川である。この川は南に向いて流れており、その河口には紀伊新宮の兵が充満している。案内役と別れた一行は、川と山の間の狭い道を北上することにした。

やがて一行は、武木《たきぎ》という村にたどり着いた。武木村は、現在の川上村村域にあり、白銀岳と同じ緯度上にある。白銀岳からは東へ五里離れている。

つまり一行は、白銀岳を振り出しに、熊野川沿いに十津川村の南端まで行き、東へ折れて紀伊山地の脊《せき》梁部《りょうぶ》を跨《また》ぎ越し、北上川に出たところをひたすら北上して、元いた緯度の所まで戻ってきたことになる。

ここにも川は流れている。下市、五條を通って紀州へ流れ出る吉野川である。川は、武木村近辺で流路を北から北西に変えている。この先は、

「きっと、敵だらけやな」

と言ったのは、砲術家の林豹吉郎だった。その林が、

「こっから宇陀にかけては知り合いがぎょうさんおるさかい、一丁、手配してみまひょか」

と言いだした。確かに、武木村から真っすぐ北上すれば宇陀郡に至る。ただし、山中を四、五里行かねばならない。

「山道は山道ですけど、儂ら馴れてまっさかい」

林も里心が付いていたのか、吉村たちが、

「林先生のご実家にも、諸藩の手が回っているのではないですか」

と、暗に「うっかり行くと捕縛される」と難色を示したが、林は独断で門人を走らせた。ところが、その門人は帰ってこなかった。吉村が懸念したとおり、林一派の諸人の家には捕吏が網を張っていたのだ。

せいぜい、一日二日で戻ってくるはずの門人が帰ってこないことに林は苛立ち、

「あいつ、自分だけ逃げたんちゃうか」

と暴言が目立つようになり、「そんなことはない」となだめた門人を罵倒したりした。これまで飄々《ひょうひょう》とした人柄でみんなから好かれていた林豹吉郎もふさぎ込むようになった。

宇陀郡内はだめでも、なんとか吉野郡を抜け出たい。

「国中《くんなか》まで出れば、桜井でも八木でも町家に身を隠すことができる」

それだけが一行の希望となった。

しかし、諸藩の方も怠けてはいない。斥候を出して天誅組の後をつけさせていた。彼らの報告や宇陀郡で捕縛した林の門人の証言などから、

「賊は国中《くんなか》に出るつもりだ」

と推測し、それを防止するための手を打った。具体的には、紀州、彦根などの諸藩に命じて、国中《くんなか》に抜

ける街道上に点々と部隊を配置したのだ。

その動きは、天誅組でも察知していた。

「敵が後をつけてきている」

そう言いだしたのは松本だった。それを聞いた吉村は「斬りに行く」と言いだしたが、

「まあ、お待ちなさい。この先には敵の大軍がいます。微々たる斥候兵など放っておきなさい」

と松本が言いだした。さらに、

「もはや我らは三十人を切るまでに減った。この上は若御前だけは、何としても長州へ……、いや、長州でなくともよい。どこへでも落とし参らせねばならない。そこで、私も含めて全員が囮《おとり》になりませんか」

と言い直した。

これに反対する者はいなかった。そこで松本は、

「若御前の輿は恰好の攻撃目標になります。であれば、若御前には輿を降りていただき、代わりに私が乗りましょう。私はどうせ輿に乗らねばならないので、若御前の身代わりになりたいと存ずる」

と言いだした。吉村たちが「え」という声を上げると、

「冥土の土産に、殿上人の輿に乗ってみたかったんです」

と軽口を叩いて自ら笑った。これに藤本が、

「吉村さん。儂は奎堂先生とは付き合いが長い。護衛がてら、一緒に行かせてもらうよ」

と言いだした。吉村は松本の件も含めて「いや……」と躊躇したが、藤本も松本も、

「最期のわがままを聞いてほしい」

と押し切った。そこで吉村が、

「ならば、僕は殿軍《しんがり》をします」

と言い、

「若御前には、那須さんと池さんが付いてください」

と決めた。松本も藤本も「いい人選だ」と頷いた。吉村は、残った隊士の中から、一番目端が利く安積五郎を「副官に欲しい」といい、これも承認された。

結局、隊は三分された。


九月二十四日の早朝、一行は武木村を出て東の川《う》越《がわごえ》という村に至った時、物見から、

「この先の鷲《わし》家《か》口《ぐち》に敵がいます」

という報告があった。

「では、ここでお別れです。若御前、御達者で。長州で会いましょう」

そう言って、松本は忠光卿の輿に乗り込んだ。それに騎乗の藤本が従者とともに付き従った。吉村は、那須を呼び寄せ、

「那須さん。ここがアンタの死に場所じゃき、油断せんと行きや」

と土佐弁で激励した。那須はあえて無表情のまま、

「虎、お前こそ死ぬなよ」

と最期に年長風を吹かした。それを池内蔵太が、

「二人とも、今生の別れみたいじゃないですか、陰気臭いですよ」

と混ぜ返した。が、その顔は笑っていなかった。吉村は池には、

「お前はまだ若い。逃げて逃げて逃げ抜いて、若御前を長州までお届けするんだぞ」

と言い含めた。池は「言われなくてもわかってますよう」と頬を膨らませた。

そんな池に「世話ンなったな」と声を掛けたのは安積五郎だった。安積は吉村の副官として、殿軍を行くことになっている。

「ああ。安積さん。もうお年なんですから、無理しないようにね」

　松本奎堂と藤本鉄石の一行は、敵が駐屯している鷲家村を掠めて、東に進路を取った。松本は忠光卿の輿に乗り、藤本はその護衛という体《てい》で騎乗している。

　敵がこの「餌」に飛びついてくれれば、西へ行く忠光卿は逃げられる。しかし、行けども行けども敵はいなかった。その日の夕刻になって、伊豆尾《いずお》という伊勢へ抜ける街道沿いの村に差し掛かった。

そこで藤本は、村庄屋の家に上がり込み、

「一晩泊めてくれ」

と頼んだ。庄屋は藤本の一行に盲人がいることを訝しみ、

「あのう、いずれの藩《おいえ》のお方で」

と訊いてきた。藤本は「岡山藩じゃ」と古巣の藩名を告げ、松本をじろじろ見ている庄屋には、

「この盲人は、五條で知り合った軍学者だ。伊勢松坂へ行くというので、護衛がてら同行させておる」

と言った。庄屋はそれを信じた。

その夜、二人はしみじみと話し合った。

「鉄石先生は、今回の義挙をいかが思《おぼ》し召される」

藤本は、

「最初は、明日にでもご公儀を倒せると思っていたよ」

と言ってちょっと笑った。

「しかし人生、そううまくは運ばんもんですな」

そう言う藤本に松本も、

「あの長州藩が追い落とされた政変さえなければ……と思わんでもありませんが、誰を恨む気にもならない」

と言い、「不思議です」と言い継いだ。藤本も、「実は儂もそうで」と同調し、

「最初《はな》っから、今回の義挙は無理筋だったかもしれません」

と苦く笑った。その上で藤本は、

「実はね、五條で御政府をやりだして、初めてわかったことがあるんです」

と言いだした。松本が「ほう」と先を促すと、

「五條では、『忠義』と『孝行』を徳目の筆頭にした御政道を敷こうとした」

と遠くを見るような眼をした。

藤本も松本も、基本的な教養は儒学である。儒学の中でも君臣の別を厳しく言う朱子学の徒である。彼らだけがそうではなく、この時代の教養人は皆そうだった。なので、忠と孝を筆頭徳目に挙げたのも自然な流れだった。

「けどね、実際の政治《まつりごと》は『忠孝』だけではどうにもならん」

孝行息子を褒賞し、公徳心のない庄屋を罷免したりした。しかし、小なりといえども政治の府を運営するとなると、徴税や外交などもせねばならない。租税の取り立てや諸藩や朝廷との交際は忠孝では処すことはできない。

「韓非子ですか」

「まさにまさに、韓非子です」

韓非子は、秦の始皇帝に殺された思想家である。彼は世を束ねるには、法と刑を厳しくせねばならないと説き、所領が指数関数的に増大していた始皇帝（当時は単に秦王）の統治術に一定の指針を与えた。

ここでは韓非子の法家思想をくだくだと説明しないが、要は、

「実際の政治においては、仁義や礼教では誰も動かず、刑法を厳格に運営するほかない」

と説いたのだ。

藤本は五條御政府においても、その韓非子的な非情な運営をせねばならない局面がきっと来たというのだ。

「その時、自分は非情になり切れるかと、ちょっと思ったもんで……」

藤本は剣豪としても有名だが、一方で書画もよくする芸術家でもあった。根は優しいのだ。最初のうちこそ、その優しさで対応できたが、いずれ破綻する。

「それが怖くてね」

「いえ、鉄石先生。実は私も似たような感慨を抱いていていたのです」

松本は軍令書を起草したり、各種お触書を書いたりしていた分、政府とはどういうものかという認識はあった。なので藤本のような心理的な壁には当たらなかったものの、

「では、どんな世をつくりたいのか、という答えがなかった……」

という妙な溝に足が嵌ったというのだ。

「え、ご公儀を倒して、天朝様の世をつくる……ではないのですか」

「いやいや。天子様の世にはしますが、政治の全部を公家がするのか、それとも諸藩の有識者による合議制にするのか。その合議は公家と武家だけでいいのか。百姓町民も入れるとすれば、本邦の伝統である身分制度をどうすべきか。聞くところによると、諸外国では統領を入れ札で決めるとか。その入れ札も、身分の隔てはないと聞き及びます。つまり、志があれば百姓でも商人でも統領になれるし、統領を選ぶ札を入れることもできる。夷狄の無節操な仕組みだと言ってしまえばそれまでですが、では御政府はどうか。私や鉄石先生は武家の出だが、吉村君や水郡さんは百姓身分だし、安積さんや林先生は町人だ。彼らが御政府において何の役にも立たなかったかというと、そうではない。どちらかというと、役立たずは私や鉄石先生……つまり武家の方だった。私たちは宿の手配どころか、飯の支度すらできない。これからは、そんな実務がわかる者を統領にいただかないと、その組織は一朝で瓦解する。そして、そのような有益な者は武家にはいない。そんなことを考えてましてね、私は何のために身を処して学問をしてきたか……。大いに忸怩《じくじ》たる思いに取りつかれました。おかげで寝られなくなってしまいましたよ」

「……」

「我らにしても、大和の公儀領を横領して、朝廷に返すんだとは言ったものの、返された公家衆が、その年貢で贅沢をすれば、それは世直しにはなりますまい。討幕するにしても、公武合体するにしても、今の仕組みを善きように変えねば、単なる権力闘争にすぎなくなります。私たちは、権力が欲しくて決起したわけではないはずだ」

その話を聞いて藤本は、松本を見直した。その松本は、

「私が残念に思うのは、こういう思いに至ったことを後進に伝えるすべがないことです」

と言い、寂しそうに笑った。そんな松本に藤本が、

「今のお話、若御前にはされたんでしょうか」

と問うたが、松本は、

「いえ、あのお方は……、ねえ……」

と首を傾げた。


翌未明。

「屋敷改めである」

と突如、紀州藩兵が乗り込んできた。庄屋が応対している間に、一行は裏から逃げた。

藤本は、騎馬で街道脇の獣道を東にとって、峠道に入った。そこで藤本が振り返ったが、松本がいなかった。輿に乗らねばならない松本は、出遅れたのだ。

その松本の輿は、峠に入る直前で紀州藩兵に捕捉された。紀州藩兵は、峠の入り口で輿を視認すると、遠目から銃撃してきた。その銃声に舁《か》き手が驚き、輿ごと松本を放置して逃げ去った。

置いていかれた松本は、大刀を杖替わりにして輿を降りた。傍らには、三河の刈谷からずっと付き従ってくれている従者だけが残っており、その従者に、

「さて、どっちへ行こうかの」

と呼びかけた時、ダーンという銃声がした。

従者がハッと見ると、松本がバッタリと倒れていた。右の肩と後頭部が爆ぜていた。


後ろを気にしつつも、逃げ足を止めなかった藤本は、後方で起こった銃声に驚き、馬に鞭を入れた。馬は峠を越えた。このまま走り続ければ、伊勢の飯南郡《いいなんぐん》に逃れられる。

ところが、勢和国境のはるか手前で紀州藩が陣屋を設けていた。その陣屋にはすでに、

「伊豆尾に潜んでいた敵が伊勢方面に逃走中」

という一報が入っていた。街道中央で通行人を改めていた紀州藩士が、騎馬の藤本を視認し、「出合え出合え」と応援を呼んだ。「あ」と気付いた藤本だったが、間に合わない。藤本は馬を降りて、腰の大刀を引き抜いた。

紀州藩兵が周囲を取り囲む。藤本は上段に構えた大刀を無造作に振り下ろす。その直後、正面にいた藩士の肩から、盛大に血が噴出した。袈裟に斬った返り血をまともに浴びた藤本は、一瞬視界が閉ざされた。顔をぶるると振って血を跳ね飛ばした時、眼の前に太刀が迫っていた。とっさに刀で防御しようとし

たが間に合わず、藤本の脳天は柘榴《ざくろ》に割れた。

散華

陣屋がある。

三総裁たちと別れた忠光卿の一行は、鷲家口の家並みを見下ろしていた。物見の報告どおり、彦根藩の陣屋は街道脇にあり、大勢の藩兵が出入りしていた。一行を差配する池内蔵太は、

「なんとか連中の目を晦《くら》ませないと、国中《くんなか》には行けないようです」

と、何かを思案する顔になっている。腹案があるのかもしれないが、何も言わない。

そんな池に、

「内蔵太よ。儂が斬り込んで騒いじゅううちに、若御前抱えて通り抜けや」

と言ってきたのは那須信吾だった。すでに槍を抱えている。池は、

「え、いやぁ……」

と珍しく逡巡した。その斬り込みは、単なる囮や目眩ましでは済まず、きっと命を落とすことになるからだ。

「儂ゃの、執政を斬った時から、誰ぞに殺されて死ぬんもんじゃと思い定めて生きてきたがぜ。それがお前《まん》らの役に立って死ねるちゃ、本望も本望、大本望じゃ」

そう言いながらも那須は、眼下で蠢《うごめ》く彦根藩兵を見下ろしている。やがて「ああ、あれじゃ」と指さしたのは、集落の真ん中を流れる川の向こう岸に建つ寺だった。その寺は、彦根藩の武器や食糧の集積地になっているようで、人足がしきりに出入りしている。

「あれに斬り込むんで、お前《まん》、若御前抱えて逃げや」

その話を聞いてきた林豹吉郎が、

「ああ、それやったら儂も行く」

と言いだした。これには全員が「え」という顔になった。

「林先生はこの辺の土地に詳しい。道案内をしていただかないといけません」

そう池が翻意を促すと、同じ大和志士の橋本若狭や乾十郎も、

「やめとき。アンタ、剣術《やっとう》なんぞでけへんやろ」

と口悪く引き留めた。いかにも、学者でしかない林はこの場合、何の役にも立たない。しかし林は、

「儂はなんぼ生き延びたかて、もう家へは帰れへんのや。たとえほとぼりが冷めたとしても、儂が死なせた弟子どもの親に合わせる顔がないんや」

と言い、腰の刀に手をやった。

「儂ゃの、『死んだ方がマシや』っちゅう言葉は弱虫の逃げ口上やと思とった。けど、あるんやなあ、死んだ方がマシっちゅう事が……」

林はすでに泣いていた。そんな林に橋本若狭が、

「そう言われたら、儂も死なんならん……」

と顔を曇らせた。彼も郷里の子弟門人を随分と死なせた。さらに橋本は、

「せやが儂は……、勝手に死んだら、嫁に怒られるねん」

と言って暗く笑い、

「せやから林先生。生き延びて一緒に嫁に謝ってくれ」

と妙な引き留め方をした。が、林は首を横に振るばかりだった。

「もう何でもええわい。死にたい奴だけ付いてきとおせ」

そう那須が短く小さく叫ぶと、林を含めて五名の隊士が名乗り出た。

「よし。ええか、あの寺に斬り込んで敵を混乱させたら、そのまま北へ向けて走る」

北に走って敵を引き付ければ、その背後を忠光卿たちがすり抜けられるだろう。

「うふ、那須さんの策戦はいつも簡単だ」

そう池が泣き笑いで茶化すと、

「儂には難しいことはでけんでな」

と言い残して、那須が飛び出した。

「土佐脱藩、五條御政府監察那須信吾じゃ。死にたい奴はかかってこい」

那須が標的と定めたのは宝泉寺という寺だった。境内で忙《せわ》しげに働いていた人足どもは、突然の名乗りを聞いて全員仰天した。

「うわぁ、天誅賊や」

彼らは荷物や道具を放り出して、一目散に寺から逃げた。中には警護役の彦根藩兵も混じっていた。これで鷲家口は大騒ぎになった。寺には兵溜りもあり、そこから若干の鉄砲兵が飛び出してきた。それを見た那須は、

「撃たせるか」

と駆け寄り、長槍で銃手の小手を次々と打っていった。

那須は、これまでの白刃戦では、骨を断つような斬り方ばかりしていた。しかし、それだと刃がすぐにだめになる。そこで那須は、刃へのダメージが少ない「小手打ち」に切り替えた。小手を打たれただけでも、満足に戦えなくなる。那須がすべての鉄砲兵の小手を斬った。同行していた林たちは見ているほかなかった。那須は、そんな『配下』に、「北へ」と短く指示した。林たちが「おう」と応じて寺を出ていく。那須も寺を後にしようとした時、

「待て、那須信吾」

と聞き覚えのある声がした。

兵溜りから出てきたのは、左腕を袖に隠した立派な武士だった。

「戸、戸梶……甚五郎……。お前《まん》、生きちょったんか」

「無礼者。上士に向かって『オマン』とは何ごとか」

戸梶といえば、高取城攻めの際、鉄砲に撃たれて倒れたのではなかったか。

確かに、左の耳がない。

「ふん、あの程度の傷で倒れる儂ではない」

戸梶は相変わらず、左腕を袖に隠している。

「かかってこいよ、那須信吾」

戸梶はそう言うとニヤリと笑った。

「その手は食わんぜよ」

那須がそう言って長柄の槍を構え直すと、

「ふん。何度言えばわかるのだ。上士には敬語を使え。無礼者」

と戸梶が毒づいた。

「ほんなら戸梶さん。何で土佐藩士のアンタが彦根藩の陣におる」

戸梶としては、高取藩に陣借りしたまま、那須信吾を追いたかった。しかし、高取藩は高取城の攻防戦で勝利したため、幕府から、

「緒戦勝利は大功である。これ以降は居城を守っておればよい」

と慰労され、戦線から離脱した。となれば、戸梶としては陣を貸してくれる藩を探し直さねばならない。そこで、多少人脈があった彦根藩に頼んだというわけだった。

「那須信吾もこれまでじゃ」

戸梶はパッと左腕を出した。

反射的に那須は左側を槍の穂先で庇った。戸梶は、左手を隠したまま右手一本で斬撃してくる。この戸梶の必殺技を封じるには、自分の左側を守らねばならない。

が、衝撃は右肩に来た。見ると、小柄と呼ばれる短刀が刺さっていた。戸梶が袖から出した左手で投げたのだ。

「しまった」

と思った次の刹那、戸梶は目の前にいた。

「吉田東洋先生の仇。死ね」

バサッ。

肉を断つ音がして、血がシャーと噴き出した。那須は左肩に斬撃を受けた。これで両肩に傷を受けたこ

となる。しかし、

「うぐ」

と呻《うめ》いて、口から血泡を噴いたのは戸梶だった。見ると、腹に槍が刺さっている。斬撃を受けると同時に、那須が槍を繰り出したのだった。

ドサリ。

倒れたのは戸梶だった。

一方の那須にも、刺した槍を抜く力もなかった。手槍を戸梶の腹に残したまま寺を出た。

門前の街道には、彦根の鉄砲隊が筒先を揃えて待っていた。それを見た那須は、

「土州那須道場師範、宝蔵院流槍術皆伝、那須信吾」

と声を限りに名乗りを上げた。その瞬間、

ダダーン。

一斉射撃の音がして、那須の体が跳ね上がった。

彼の体には、彼が斬った者の数だけの穴が開いていた。

大きく立ち上った銃声にハッと後ろを振り返ったのは、砲術家の林豹吉郎だった。見ると、那須が全身から血を噴出させて倒れていた。

一緒に走っていた誰かが、

「那須さんがやられた。このままだと、我らもやられる」

と喚き、指示された北へ向かって全速力で駆けていった。林は、すでに老境にある。息が上がって、彼らに付いて走れない。

林は、西洋文明を輸入して、「その技術力をもって攘夷を決行する」との思いで頑張ってきた。そのおかげで、「先生」と呼ばれるまでになった。宇陀の鋳物師の息子としては上出来である。

あとは、弟子を死なせた責任《せめ》を負って死ぬだけだ。そう思った林の視界に、脇本陣の前に立派な大砲が置かれているのが目に入った。今生の別れに、あの大砲を一発撃ちたい。そう思い、そちらに一歩を踏みだした時、一発の銃弾が林の胸を撃ち抜いた。倒れた林の視界の先に、西洋式の大砲が黒く光っていた。

「どうせなら、大砲で吹き飛ばされて死にたい」

林は手を伸ばしたが、届かなった。


「始まったみたいですね」

そう言ったのは、那須の斬り込みを遠くから見ていた池だった。すでに池は、橋本や乾をはじめとして、彼らの従者たち全員に、その辺の百姓が着るような粗末な着物を着せていた。池自身も継ぎ接《は》ぎだらけの粗衣を着ている。その傍らには、どこから調達してきたのか、土嚢を積んだ荷車が準備されていた。

土嚢は十個ほど積まれているが、その中の一つに忠光卿が入っている。

「じゃあ、行きましょうか」

池は荷車の柄を握って引きだした。橋本たちが荷車の周囲に取りつき、息を合わせて押し始めた。荷車はノロノロと動きだし、やがて彦根藩の本陣前に差し掛かった。

彦根藩兵は、本陣前の川沿いにズラリと並んで対岸の脇本陣に鉄砲を向けていた。彼らは、対岸の那須たちを狙っており、背後を通過する荷車には一瞥もくれなかった。

池はそのまま荷車を引いて進み、遂に鷲家口の集落を抜けた。歩いている途中、後方で盛大な銃声がし、わーわーと声が聞こえたが、

「振り向いちゃいけませんよ」

と戒め、一歩も足を止めなかった。


ほどなくして、さっきまで池たちがいた高台に吉村の一行が現れた。

吉村は騎乗している。足の具合が芳しくなく、致し方なく馬に乗せられている。その轡《くつわ》を従者然とした森下幾馬がとり、その脇には副官となった安積五郎が付き従っている。

殿軍を引き受けた吉村は、あの後ずっと背後まで偵察して、そちらに敵影がないことを確認した。後ろに敵がいないのであれば、忠光卿を落とす手助けをしなければならない。そのため、大急ぎで戻ってき

て、ようやく鷲家口に到達したのだ。

今しも、川向こうで那須が暴れているところだった。もしやあの中に忠光卿がいるのでは、と一瞬ヒヤリとした。が、そんな吉村の視界にのろのろと進む荷車が見えた。荷車は、那須たちに銃口を向ける敵陣の背後をソロソロと進んでいく。吉村には、それが忠光卿の一行だということがわかった。

「安積さん。池君はちゃんと仕事をしているようです」

「そのようだな。那須さんも、あ」

その時、那須が銃撃に倒れたのだ。

「ありゃ、助からねえ」

そう言うと安積は、南無阿弥陀仏と念仏を唱えた。その時、吉村を乗せた馬が「ぶるる」と嘶《いなな》いた。轡を取る森下が、

「どうどうどう」

となだめたが、馬は唸りをやめなかった。何事かと安積が吉村を見上げると、手綱を強く握りしめ、目を真っ赤にして倒れた那須を見つめていた。体全体から闘志が湧き上がっており、その闘志に馬が感応したようだ。

「だめだよ、吉村さん」

安積がそう言ったが、吉村は、

「あれでは彼らは全滅する。味方が倒されるのを見て、手を差し伸べぬのは丈夫《もののふ》ではない」

と強《いき》んだ。

「だめだ。おう、幾馬。その轡、絶対《ぜってえ》離すんじゃねえぞ」

安積は森下にそう命じると、吉村に向き直って、

「吉村さんよ。あんた、まさかここで死のうっていうんじゃねえだろうな」

と言いだした。吉村は安積の方を見ようともしない。

「そんな吉村さん、嫌えじゃねえよ。けどよ、今ここで死んでどうするね。あんた、自分じゃわかってねえだろうが、あしたの日ノ本に必要なお人なんだよ。ここはいろんなことをグッと我慢して、生き延びてくれよ」

この「あしたの日ノ本のために生き延びろ」という一言が、吉村の胸に深く刺さった。人にはそれぞれ役目があるのかもしれない。吉村は、人の上に立つようになってから、そう思うようになった。死んでもいい人間などいないのだろうが、「ここぞ」という場面で死ぬために生まれてきたとしか思えない人物を何人も見た。

また、昨日までは何の役にも立たなかった者が、歴史に名を残す大仕事をすることもある。その逆も然りだ。そういう目で見た時、この吉村虎太郎はどうなんだろう。自分ではわからない。ただ、自分が死ぬべき時が今ではないことは確かなようだ。

安積は、吉村がおとなしくなったのを見て、

「よう料簡してくれた、吉村さん。アンタ、大人になったねえ。土佐っぽにしとくにゃ、惜しいお人だ」

と冗談を言った。これに吉村も、

「はは、馬鹿言ってはいけません。あなたこそ、江戸っ子を辞めて土佐っぽになってください」

と戯言で返した。ところが、安積から、

「死んでも厭だ」

と割と本気の答えが返ってきた。


吉村たちは忠光卿たちとは逆、藤本と松本が進んだ方向に馬を進めた。やがて、小さな集落に行き当たった。そこは、松本が被弾した伊豆尾の手前、木津川《こつがわ》という在だった。在の中央に一軒の庄屋屋敷があったので、そこで「馬の飼葉をくれまいか」と頼んだところ、庄屋自身が出てきて、

「もしや、天誅さんですか」

と訊いてきた。もう逃げ隠れするつもりのない安積が、「そうだよ」と答えると、庄屋は居住まいを正して、

「儂は堂本孫兵衛と言います。皆さん方は五條で有り難い政治《まつりごと》をしはったと聞いとります。そんな方々を

庭先には置いとけまへん。どうか、座敷におあがりください」

と言い、吉村の手を取るように座敷に誘った。

これに吉村と安積は「そうか」と平然と受けたが、森下が心配した。べったりと吉村の傍らに寄り添い、出された茶も、吉村が手を伸ばす前に取り上げて毒見をする始末だった。

「森下さん。それはやりすぎだ」

そうたしなめたのだが、

「吉村さんに万一のことがあったら、土佐勤王党の皆さんに合わせる顔がないがで」

と応じなかった。

吉村は、庄屋に森下の無礼を詫びながらも、

「国中《くんなか》に抜ける道はないだろうか」

と訊くと、孫兵衛は首を横に振り、

「そっちへ行くより、伊勢路をお取りなさいませ」

と勧めてくれた。その上、

「翌朝、案内を付けてお送りしまひょ」

とまで言ってくれたが、

「それでは庄屋殿に災厄が及びます」

と丁重に断った。後日、幕府方の探索に遭えば、犯人隠避と逃亡補助の罪で処罰されるからだ。

翌朝、食糧などの補充を得た一行は庄屋屋敷を出た。孫兵衛が教えてくれたとおりの道をたどったが、なかなか伊勢街道に出られなかった。

「こりゃ、迷ったな」

安積がそう言うのを待っていたように、路傍に祠《ほこら》が現れた。その祠で小休止することにした。その間、森下が、

「ちょっと、誰ぞに道を訊いてきます」

と出かけた。幾らも行かないうちに、狭い畑で草取りをしている老婆がいた。

「伊勢街道はどっちかいのう」

そう森下が訊くと、

「あんた、天誅さんか」

と尋ね返してきた。諸事用心深くなっていた森下はとっさに「違うぜよ」と答えた。老婆は「ふうん」と言いながら「あっち」と萎《しな》びた指を向けた。それは彼らが行こうとしていた方向だった。であれば、方角だけは合っていたようだ。

「すまんのう」

森下が祠に戻ると、すぐに出発することにした。森下が先頭に立って進んでいくと、前方に武装兵が現

れた。

「いかん、逃げよう」

と一行が回れ右した時、ダーンと銃声がして、隣にいた安積が倒れた。

「あ、安積さん」

森下が慌てて安積を起こそうとしたが、安積は弱く首を振って、

「もういけねえ。捨てて行け」

と言おうとして口を開いたが、出てきたのは血だった。安積は力を振り絞って、馬上の吉村に「行け」とばかりに手を振った。

安積は江戸の占い師の家に生まれた。何を間違えたか、北辰一刀流の道場に通ったことで、当世流行の尊攘思想に触れた。が、最初に出会ったのが清河八郎という食わせ者だったせいで、名を上げる機会が回ってこなかった。それでも、清河や彼の交友者たちの縁で、こうして広い世間を見ることができた。おかげで、天朝の盾となって死ぬことができる。

「有り難いこった」

吉村と森下は、泣く泣く安積から離れ、森の中に逃げ込んだ。

直後、安積を撃ったと思しき鉄砲隊がドドドッと足音も荒く駆け付けてきた。安積を見つけて、「賊

や」と喜んだ。しかし、彼らは、吉村たちが逃げ込んだ藪には踏み込まなかった。怖かったのだ。敵兵の怯懦《きょうだ》のおかげでなんとか逃げ延びることができた吉村は、

「森下さん。こんな時に何だが、若御前のところに伝令に出てほしい」

と言いだした。「伝令ですか」と問う森下をよそに、吉村は懐から手紙を取り出し、森下に渡した。

「長州で頼るべき人の名前を書いた。なんとか、若御前に渡してくれ」

森下はそれを受け取りつつも、「吉村さん、大丈夫ですろうか」と訊いたが、

「僕は不死身だよ。そのことは君が一番よく知ってるじゃないか。それに、百姓着にでも着替えれば、見つかりっこないさ。元々百姓だし」

と言って笑った。

「いや」

と渋る森下に、「総裁命令だ」と脅したり、「若御前のためになることだ」と頼んだりしたが、森下はなかなか諾《うん》とは言わなかった。それでも、

「お前を見込《まん》んで頼んじゅう。幾馬」

と肩を抱くように言われて、ようやく森下は了解した。

森下は、忠光卿を追うために鷲家口まで戻った。その鷲家口で津藩兵に見つかってしまった。

「天誅賊か」

そう訊かれたが、森下は返事もせずに斬りかかった。斬られた津藩兵が「賊じゃ」と叫んだため、屯所から鉄砲兵がわらわらと出てきて、一斉に折り敷き、ダダーンと発砲した。森下は踊るように跳ねた後、その場に斃れた。

津藩兵が倒れた森下の体を調べたところ、懐から書状が見つかった。差出人が吉村虎太郎となっている。が、中には何も書かれていなかった。

「賊魁《ぞっかい》吉村が何かを企んでいる」

そう判断した津藩は、「要慎のためである」との理由をつけて、陣地を二里ほど下げた。津藩はよほど吉村が怖かったようだ。

森下を自分の手元から離した吉村は、一人で山中を彷徨《さまよ》っていた。常に太陽を右手にして進んでいれば、いずれは伊勢に抜けられるだろう。

あの京での政変以降、勝てる見込みの薄い戦いを続けてきた。口では「尊皇攘夷の灯火《ともしび》を消してはいけない」と言ってきたが、実は尊皇も攘夷もどうでもいい。本心の底の底には、この行き詰まった世をなんとかしたい、という思いしかなかった。

井伊大老が国を開いて以降、諸物価は高騰し、暮らしが立ち行かなくなった。それもこれも、役に立たない幕府が政権を握り、その政権を封建領主《とのさま》である老中が操っている限り、庶人の暮らし向きなど見向きもされないだろう。

それとは正反対の有為の人材は野にこそ在《い》る。百姓でも町人でも、人材だと思えば抜擢し、政権を任せるべきだ。

「五條という千人余りの町で、たったの一日ながらも、仁義礼忠孝を統治思想に置いた身分なき世を開いた」

そういう自負が吉村にはある。あの輝かしい一日を全国に広めれば、きっと日ノ本は良くなる。安積は、吉村にその役を担えと言ってくれた。吉村もその気にはなっているが、「土佐の庄屋の息子」では、世の中がついてこないだろう。

そうなると、やはり忠光卿だ。

「あしたの日ノ本をこの手でつくる」

そんな思いは忠光卿の胸にもあるはずだ。かの卿とともに、理想とした世をつくりたい。

「あ、出てきよった」

物思いに耽っていた吉村の耳に、しわがれた声が響いた。

その声の主は、森下に道を教えたあの老婆だった。老婆の背後には、鉄砲を担いだ兵たちがいた。

老婆には天朝も公儀もない。ただ、孫を殺された哀しみがあるだけだった。孫は宇陀の鋳物師に弟子入りしていた。その鋳物師が何を血迷ったか天誅組に奔《はし》ってしまった。当然、孫も戦場に連れていかれた。

老婆は日夜孫の無事を祈ったが、結局は高取城下で死体となった。

その孫こそ、吉村が担ぎ込まれた女医の許にいた諭吉であった。天誅組が諭吉の遺体を運んできてくれた。その際、

「吉村総裁からの格別の計らいやきに」

と幾許《いくばく》かの金子を置いていった。あの恩着せがましい土佐弁は死んでも忘れない。

そこに森下が現れた。森下は卑怯にも、

「儂、天誅組やないぜよ」

と土佐弁で嘘を吐いた。その嘘に老婆は許せないほどの憎しみを覚えた。

森下に伊勢の道を示した後、老婆は津藩兵の許に走り、

「天誅賊が湧いて出た」

と通告した。それだけでなく、道案内まで買って出た。この辺で追い付くはずだと思ったところに賊が出た。が、

「あれ、こいつやない。儂の遭うたテンチュウとちゃう」

と首を横に振った。確かに、藪から出てきたのは吉村であって、老婆が会った森下ではない。しかし、津藩の小隊長は油断することなく、

「いずこのご家中か」

と誰何《すいか》した。

吉村は覚悟した。事ここに至れば、恥ずかしくない死を迎えるばかりである。

「五條御政府総裁、吉村虎太郎である」

吉村は、そう高々と名乗りを上げ、刀を抜いた。

「吉村虎太郎。おとなしく縛につけ。さもなくば、斬るぞ」

「望むところやき。存分にやってくれ」

そう叫ぶと、大刀を振り上げた。

ダーン。

吉村の雄叫びに釣られた兵が発砲した。

「あ、アカン」

生け捕りを目論んでいた小隊長は、不意の銃撃に驚いたが、制止する間もなく、
ダダーンと一斉射撃が興ってしまった。

「撃つな」

小隊長がそう叫んだ時、吉村は身に数発の銃弾を受け、ゆっくり斃れた。

天誅組の乱を巻き起こした一世の風雲児は、九月二十七日、吉野の露と消えた。

跋

「もう大丈夫でしょう」

そう言って引っ張っていた荷車を止めたのは池内蔵太だった。

那須たちが大暴れした鷲家口の集落を抜けた先の山中でのことである。止めた荷車から土嚢袋をおろし、中から忠光卿を引き出した。忠光卿は、袋の中で泣いていたらしく、頬に涙の跡が残っていた。

那須と林が壮絶な戦死を遂げたのも、藤本と松本が反対方向に敵を引き付けたのも、すべて自分を生かすための方策である。しかも、その方策には彼らの命が懸けられていた。「すまぬ」ですまない事態である。

そんな感傷に浸っている忠光卿と池の許に、

「怪我人が出た」

と言ってきたのは乾十郎だった。乾は自慢の鉄扇をどこかに落としたのか、いやに生気がなかった。乾の言う怪我人とは、彼の弟子だった。弟子は脹脛《ふくらはぎ》から血を流していた。どうやら、流れ弾が彼の足の肉を削ったようだ。血がドクドクと流れており、相当に痛いはずだ。それでも弟子は声一つ上げず、歯を食いしばって荷車を押し続けた。乾は、

「こんだけの傷を負うて、声も出さんと、よう頑張った」

と泣いている。彼が大声で痛みを訴えれば、どんな事態となっていたかわからない。まさに、この逃走劇の陰の功労者である。しかし、怪我人が出たことを知った以上、放置するわけにはいかない。

「致し方ない。ここで治療するか」

と池が覚悟を決めた時、忠光卿が、

「お前、荷台に乗りよし」

と言いだし、

「代わりに麿が押そう」

と言い継いだ。これには怪我をした弟子が大いに驚き、

「そんな、御勿体ない」

と辞退した。それでも忠光卿が許さず、弟子の手を取って、無理に荷台に乗せてしまった。これには本人だけでなく、師匠の乾も感激し、忠光卿を伏し拝んで、

「ありがとうございます」

と泣きだした。隊を差配する池だけは、

「いやだなあ、愁嘆場は長州に着いてからにしてくださいよ」

とわざと冗談めかした言い方をしたが、池の目も涙に濡れていた。

そのまま荷車は国中《くんなか》に降りた。ここまで来れば大丈夫と思った日暮れ時、怪我人が発熱し、昏倒した。

医者でもある乾は、症状を診て、

「これ以上の移動は無理や」

との診断を下した。

一行は、発見されることを避け、街道脇にあった洞窟に潜り込んだ。そこで、乾は、

「こいつをこれ以上動かすと死ぬ。皆さんは若御前と一緒に行ってください」

と言いだした。池が「先生はどうされるおつもりです」と訊くと、

「儂、こいつを見捨てては行けまへん」

と涙した。池は断腸の思いで乾と別れる決断をし、翌日、日が昇る前に立ち去った。残った乾は、その洞窟に隠れながら、怪我人の看病をした。

この洞窟における看病生活が六十日に及んだというから驚きである。近在に協力してくれる者がいたのだろう。そのかいあって、怪我人は回復した。しかも、その間に落ち武者狩りも沙汰やみとなり、結果的に乾十郎は命を拾うことになった。

その後、乾は大坂に出た。

忠光卿を捜すためだったと言われているが、実際のところは郷里に居られず、町の人混みに紛れるほかなかったのだろう。

しかし翌年の元治《げんじ》元（一八六四）年、乾は捕縛された。寓居に踏み込まれたのだ。密告されたのかもし

れない。

乾は京へ檻送され、六角の獄舎に投獄された。どこで調達したのか、その頃の乾は例の鉄扇を持っており、その鉄扇をバシバシやりながら、

「儂は五條御政府のお抱え医師や」

とうそぶいて、牢番を苦笑いさせていた。牢内で乾は、

「お白洲に出たら、公儀の木っ端役人に、尊皇の何たるかを叩き込んだる」

と意気巻いていたという。


その頃、六角獄舎には河内党の水郡善之祐もいた。

水郡善之祐は、天ノ川辻で天誅組と袂を分かつことになったが、結局は五條側へは逃げられなかった。仕方なく、十津川を通過して紀州へ出ようとした。ところが、紀州への出口もすべて押さえられていた。やむを得ず、龍神村に屯していた紀州藩の陣屋に自首してでた。その後、京に檻送され、六角獄舎に収監された。

同じ年の七月。前年の政変で京を追い落とされた長州藩が攻め上ってきた。これにより、「蛤御門の戦い」とか「禁門の変」とかと称される軍事衝突が勃発した。

六角獄舎では、長州藩兵による囚人強奪などを恐れ、収監していた政治犯をすべて処刑した。乾が待ち

望んでいた「お白洲」は遂に開かれなかった。

ただし、同時に収監されていた水郡の嫡子である英太郎については、若年の故をもって放免された。その英太郎は、維新後に新政府に奉職している。天誅組に属した者が、明治後に官についた例は稀である。

土佐派元勲の誰かが引き上げたのだろう。


丹生社祀官だった橋本若狭は、忠光卿とともに吉野を脱出し、国中《くんなか》に出た。一行が人の目を避けて歩いていた時、

「ひょっとして、丹生明神の橋本さんやないか」

と、顔見知りの祀官に声を掛けられた。慌てた橋本はスイっと一行から離れると、

「実は、浮気がバレて嫁はんから逃げてまんねん。ここで遇うたことは内緒やで」

とごまかした。その祀官も橋本の恐妻家ぶりを知っていたので、「ああ、黙っといたるわ」と言って見逃してくれた。

しかし、このことは、橋本が大和路を歩くことの危険性を示唆していた。橋本は大和国内では名も顔も知られた存在だったからだ。

「これ以上、若御前と一緒に居ればご迷惑をおかけしてしまう」

と言い、一行から離れた。

行くあてのなくなった橋本は、ふと、あの松本奎堂がどんなところで育ったのか、見てみたいと思った。松本の故地は三河刈谷である。

「まさか、刈谷までは追ってけえへんやろ」

そんな思惑もあって、刈谷に出向いた。

その刈谷で「奎堂先生」という名を出すと、村上忠順という老志士が匿《かくま》ってくれた。村上は松本の師匠だということとで、頻《しき》りに松本の消息を知りたがった。橋本は、松本とは確執があったものの、村上には、

「尊敬できる総裁でした」

と褒めた。村上はその言葉に泣いた。よほど自慢の弟子だったのだろう。橋本は、

「あんな先生《ひと》やったけど、あれはあれで一廉《ひとかど》の人物やったんやなあ」

と、今更ながら、松本奎堂の偉大さを知った。

翌元治元（一八六四）年、橋本は大坂へ出た。彼も、町の喧騒に身を置くしか居場所がなかったが、一方で嫁と離れて暮らす気儘《きまま》さが気に入ってもいた。大坂では、すでに乾が捕縛されたことを聞き知っていたので、用心のため商人に化けた。

「和州下市の材木屋や」

という触れ込みである。しかし、柔道で潰した耳は隠せず、旬日を経ずしてあっさり捕縛された。

橋本も京の六角獄舎へ檻送された。しかし、その獄舎には水郡も乾もいなかった。すでに処刑されてい

たのである。慶応元（一八六五）年、橋本にも刑が執行された。

池内蔵太は、頼みとした橋本や乾といった大和志士と別れた後、庶人に変装した忠光卿とともに、息を詰めるように大和路を歩いた。どうにか葛城山を越えた後は、来た道とは違う経路で大坂に戻り、長州藩邸に駆け込んだ。

在坂の長州藩士はわずかな連絡員しか残っていなかったが、忠光卿については、

「馬関まで外国船砲撃の指導に来てくれた若公卿さん」

ということで、客将扱いにしてくれた。そんな長州藩に抱かれるようにして、忠光卿と池は長州へ落ちていった。

長州では、目立たぬ町屋が用意されており、忠光卿はそこに落ち着いた。

時まさに禁門事変前夜だった。長州は、薩摩と会津に復讐せんと殺気立っていた。そんな騒然とした世情の中、池がふらりと忠光卿の許にやって来て、

「若御前、お暇《いとま》を頂戴しますよ」

といつものように楽しそうに言った。

「え、いずこへ参るのじゃ」

と忠光卿が訊くと、

「ちょっと仕返しに」

と言って、ペコリと頭を下げて、そのまま消えた。池は上洛せんとする長州軍に身を投じたのだ。長州には、日本各地から倒幕の志士が大勢流れ込んでおり、池などは、

「五條御政府の生き残り」

として、彼らの尊敬を集めていた。その関係で、他藩の浪人ばかりを集めた隊の長に指名されたのだ。池は、その隊を率いて京に上った。京では、憎き薩摩と会津を相手に盛大に戦った。しかし、またもや敗れ、命からがら長州に逃げ帰ってきた。

その後、長州は四カ国の連合艦隊の攻撃を受けて滅亡寸前まで追い込まれる。さらに、禁門事変を引き起こした責任問題が持ち上がり、過激派が政権を追われることになった。当然、池などの過激浪士も追い出されることになった。

そんな池に声を掛けたのは、師匠格の坂本龍馬だった。その頃の坂本は、長崎に亀山社中（後の海援隊）という組織を立ち上げ、貿易の真似事をしていた。池は坂本の誘いに乗って長崎に移った。

そして運命の慶応二（一八六六）年がやって来る。

池は、亀山社中の仕事で薩摩へ回航する小型帆船に座乗した。その船が、暴風にあって転覆遭難した。亀山社中や船主の薩摩藩による懸命の捜索により、沈没した船体は確認できたものの、池はついに見つからなかった。享年二十六歳。

さて、無事長州へ落ち延びた忠光卿である。

温室育ちの忠光卿には、この一年は過激に過ぎた。五條で一日ながらも思いどおりの善政を敷けたことは生涯の誇りであるが、その後起こった八月十八日の政変により、勅を失い帝の怒りに触れたことは痛恨の極みである。そして、それが元で吉村たち大切な股肱を亡くしたことは、一生消えない傷として心に深く突き刺さっている。

吉村虎太郎、松本奎堂、藤本鉄石たち天誅組の面々は、その命を懸けて自分の将来を守ってくれた。その思いに何としても報いたい。いや、報いねばなるまい。長州に落ち延びた忠光卿は、日々そんな思いを抱えて過ごしていた。

やがて池が暇乞いにやって来て、長州軍に陣借りして京に攻め上るという。忠光卿は「麿も行く、連れて行ってくれ」と頼んだ。これは自分勝手なわがままではなく、「人の世の役に立て」と言い残して死んでいった吉村や松本から託された使命なのだと言い募った。しかし池に、

「若御前が活躍するのは戦じゃないと思いますよ。うふふ」

とはぐらかされた。長州藩の役人にも従軍させろと迫ったが、表現こそ柔和だったものの、「アンタが何の役に立つんだ」とばかりに謝絶されてしまった。この頃から長州は、忠光卿を持て余すようになった。そんな折、長州の指導者である久坂玄瑞から、

「九州へ渡らせられてはいかがか」

と持ちかけられた。体のいい厄介払いである。それでも、言うことを聞いてくれない長州にいるより、新天地を求めて九州に渡った方がましか。そう思った忠光卿は船に乗った。ところがこれが嵐に見舞われ、馬関に舞い戻ってしまったのだ。

それでも諦め切れずに「何かやらせろ」と駄々をこねる忠光卿に手を焼いた長州藩は、馬関近郊の一軒家と、身辺の世話をする女子を宛てがって封じ込めを図った。

その頃、長州は「禁門の変」で敗れ体制が代わっていた。これまで忠光卿に同情的だった連中が退陣させられ、俗論党が政権を握ったのだ。藩を潰されまいとする俗論党が、幕府に恭順の意を示す施策を次々と実行する中に、

「中山忠光の首を差し出すべし」

という一項もあった。その策は早速実行に移された。

元治元（一八六四）年十一月八日。

前侍従中山忠光は、長州が送り込んだ刺客により、短くも波瀾に満ちた生涯を閉じた。享年二十という若さであった。

ちなみに、忠光卿の死から半年後、彼の身辺の世話をしていた娘が忠光卿の子を生んだ。南加《なか》と名付けられた娘は、長じて嵯峨公爵家に嫁いでいる。この南加の孫娘にあたる嵯峨浩《ひろ》が、満州国皇帝の弟・愛新《あいしん》

覚羅溥傑《かくらふけつ》氏の許に嫁いでいる。勅勘を蒙った者もいたが、中山家は明治帝の母方の実家であり、嵯峨公爵家の娘だということで、特に選ばれたのだろう。

満州帝国が消滅した後、浩と彼女が産んだ子は日本に帰化し、嵯峨家に戻っている。その家系は現在まで続いており、浩自身も昭和の末まで存命だった。そういう話を聞くと、世が二十一世紀になり、時代が令和に変わっても、天誅組の面々が疾風のように駆け抜けた幕末と繋がっている、という確かな実感が湧いてくる。

幕末という、現代と地続きの世に起こった騒乱を、我々は教訓にすることができているのだろうか。

【了】

【参考文献】

「実録　天誅組の変」　舟久保藍（淡交社　二〇一三年）

「五條市史　新修」　五條市史編集委員会（五條市役所　一九八七年）

「天誅組　その道を巡る」　舟久保藍（京阪奈新書　二〇一七年）

「天誅組の変　幕末志士の挙兵から生野の変まで」　舟久保藍（中央公論新社　二〇二三年）

天誅組疾風録《てんちゅうぐみしっぷうろく》

2023年10月30日　第1版第1刷発行

著　　者　中南《なかみなみ》　元伜《もとのぶ》
発 行 者　田中　篤則
発 行 所　株式会社 奈良新聞社
〒630－8686　奈良市法華寺町2番地4
TEL 0742（32）2117
FAX 0742（32）2773
振替 00930－0－51735

印刷所　共同精版印刷株式会社

ISBN978-4-88856-176-1